BEETHOVEN ERA 1/16 NEGRO
E OUTROS CONTOS

NADINE GORDIMER

Beethoven era 1/16 negro

E outros contos

Tradução
Beth Vieira

COMPANHIA DAS LETRAS

Copyright desta coletânea © 2007 by Nadine Gordimer
Copyright dos contos © 2004, 2005, 2006, 2007 by Nadine Gordimer; 2002, 2004 by Felix Licensing BV
Venda exclusiva no Brasil

Grafia atualizada segundo o Acordo Ortográfico da Língua Portuguesa de 1990, que entrou em vigor no Brasil em 2009

Título original
Beethoven was one-sixteenth black and other stories

Capa
Mariana Newlands

Foto de capa
© Philadelphia Museum of Art/ Corbis/ LatinStock

Preparação
Cláudia Cantarin

Revisão
Huendel Viana
Carmen S. da Costa

Dados Internacionais de Catalogação na Publicação (CIP)
(Câmara Brasileira do Livro, SP, Brasil)

Gordimer, Nadine, 1923-
    Beethoven era 1/16 negro : e outros contos / Nadine Gordimer ; tradução Beth Vieira. — São Paulo : Companhia das Letras, 2009.

    Título original: Beethoven was one-sixteenth black and other stories.
    ISBN 978-85-359-1582-2

    1. Ficção inglesa — Escritores sul-africanos I. Título.

09-11570   CDD-823

Índice para catálogo sistemático:
1. Ficção : Literatura sul-africana em inglês   823

[2009]
Todos os direitos desta edição reservados à
EDITORA SCHWARCZ LTDA.
Rua Bandeira Paulista, 702, cj. 32
04532-002 — São Paulo — SP
Telefone (11) 3707-3500
Fax (11) 3707-3501
www.companhiadasletras.com.br

REINHOLD
2007

Sumário

Beethoven era 1/16 negro, 9
Solitária, 23
Sonhando com os mortos, 29
Uma mulher frívola, 44
Gregor, 54
Procedimentos de segurança, 60
Língua materna, 67
Allesverloren, 77
História, 92
Uma beneficiária, 99
Finais alternativos, 121
    O primeiro sentido, 125
    O segundo sentido, 138
    O terceiro sentido, 150

Beethoven era 1/16 negro

Beethoven era 1/16 negro

anuncia o apresentador de rádio de um programa de música clássica, juntamente com o nome dos músicos que serão ouvidos nos Quartetos para Cordas nº 13, op. 130, e nº 16, op. 135.
O apresentador declara isso como reparação a Beethoven? Sua voz e cadência o entregam como irremediavelmente branco. Será que 1/16 é o tácito desejo dele mesmo.
Houve tempo em que tinha negro querendo ser branco.
Agora tem branco querendo ser negro.
O segredo é o mesmo.

Frederick Morris (claro que esse não é o nome dele, logo você vai perceber que escrevo sobre mim, um homem com as mesmas iniciais) é um acadêmico que dá aula de biologia e que na época do *apartheid* era ativista e entre outras embromações um cartunista amador de certo talento, que desenhava cartazes retratando os líderes do regime como os assassinos impiedosos que eram de fato e, mais intrépido ainda, se juntava a outras pessoas para colar os cartazes nos muros da cidade. Na universidade, na era do novo milênio, não é um dos que o corpo estudantil (uma alta nas matrículas robustamente negras, que ele aprova) aponta como especialmente censurável durante os protestos contra a velha turma de brancos que inibe a transformação de um clube de campo intelectual em uma instituição não racial com maioria negra (fala politicamente correta). Os estudantes também não dão muito valor ao apoio de brancos como ele, dissidente do que é tido como o outro, o corpo embecado. Não se pode apoiar o outro. É esse o raciocínio? A história nunca acaba; assim como a biologia que funciona em cada ser.

Um dezesseis avos. Esse pingo por acaso parece suficiente para ser afirmado fora de contexto? O que importa uma distante linhagem de sangue na gênese de um gênio? Depois tem Púchkin, se quiser; sua afirmação é substancial, olhe para o frisado do cabelo — não é nenhum branco ou branca na moda, com um halo afro na cabeça, e veio, diz-se, da Etiópia.

Talvez porque esteja ficando mais velho — Morris não sabe que ainda é jovem o bastante para pensar que cinquenta e dois é velho —, ocasionalmente reflete sobre o que viveu em sua linha de vida anterior. Divorciado pela segunda vez; isso é igualmente passado, ainda que mais imediato. Seu pai também não fora um grande sucesso como homem de família. Família: o bisavô, morto muito antes do nascimento do garoto — lá está ele, um belo homem, alguém numa foto numa moldura oval, traços fortes que ninguém herdou. Há histórias sobre esse ancestral, provavelmente narradas em reuniões familiares que um garoto impaciente para deixar a mesa dos adultos mal ouvia. Anedotas que não constam do livro de história que se tem de aprender de cor. O que se poderia chamar de reconhecimento divertido de aventuras, circunstâncias encaradas de frente, bons tempos, numa época que outros teriam chamado de muito ruim, personagens — não se faz mais ninguém assim hoje em dia — sob a forma de inimigos aprontando tramoias, ou de forças com quem nos unimos como companhias de verdade. Nada de fatos que tenham saído de um livro de história: relatos de quem cuida dos próprios negócios em meio aos efeitos colaterais da história. Ele foi uma espécie de homem fronteiriço, não na mixórdia militar-colonial, e sim na dos caça-fortunas.

Descendente da linha masculina, Frederick Morris traz o mesmo sobrenome, claro. Walter Benjamin Morris pelo visto sempre foi chamado de Ben, quem sabe porque tenha sido de fato o Benjamin da ninhada de irmãos que não emigraram, como ele, para a África. Ninguém pelo visto sabe por que ele o fez; apenas um desejo de aventura, ou quem sabe a ambição de ficar rico que não parecia alcançável em outro lugar qualquer que não fosse Alhures. Ele podia ter optado por Yukon. Em Londres, estava preparado para herdar a delicatéssen de Hampstead, para vê-la forrada de presuntos e picles, enquanto gerenciava uma outra, de um páter-famílias, nome esquecido. Era casado havia apenas um ano quando partiu. Deve ter convencido a jovem mulher de que o futuro deles dependia de sua partida em busca dos recém-descobertos diamantes num lugar longínquo chamado Kimberley, de onde voltaria rico em breve. Como uma espécie de adeus garantindo o amor entre ambos, deixou dentro dela o filho que iria nascer.

Frederick surpreende a mãe perguntando se ela por acaso tinha guardado uma pasta executiva — na verdade uma valise preta surrada — onde uma vez o pai tinha lhe dito que havia coisas sobre a família que eles deviam rever qualquer dia; ambos se esqueceram do encontro, o pai morreu antes que esse dia viesse. Frederick não tinha muita esperança de que a mãe houvesse guardado a pasta ao se mudar do que era seu lar de casada e se desfazer de objetos para os quais não havia espaço, nenhum lugar na vida que iria levar num trecho ajardinado de bangalôs elegantes desenhados por arquitetos contemporâneos. Havia algumas coisas num depósito comunitário a que todos os moradores tinham acesso. Ali, encontrou a pasta e, agachado entre os detritos do passado, soprou as traças das cartas e anotações esparsas e copiou os fatos mencionados acima. Há também fotografias montadas em madeira muito dura para seja qual for o nome que tem o maxilar das traças, e essas levou consigo, não achou que a mãe se interessaria o suficiente para ter de informá-la. Há um retrato numa moldura elaborada.

O bisavô tem a mesma postura em todas as fotos, esteja ele sozinho com o fotógrafo, ao lado de uma palmeira de estúdio ou entre montes de terra mágica, as peneiras que iriam peneirar da terra as pedras brutas que são os diamantes em sua forma primitiva, negros impassíveis e mestiços encostados nas pás. Garimpeiros de Londres, Paris e Berlim — de qualquer lugar onde não há diamantes — não se apressavam em reivindicar concessões quando o juiz da largada disparava seu revólver, os homens contratados pertencentes à terra que eles controlavam eram mais rápidos que qualquer branco, faziam a reivindicação em nome dos estrangeiros e empunhavam pás e picaretas nas concessões de mineração marcadas a céu aberto. Até quando Ben Morris é fotografado num bar improvisado e lotado, seu corpo, os tendões do pescoço, a cabeça erguida bem no alto, como se tivesse parado tão imovelmente confiante — do quê? (As anotações revelam que ele escavou apenas umas poucas pedras. Quilates desprezíveis.) De virilidade. Isso é inegável, isso não foi tocado pelos caprichos do destino. Outros na foto foram subjugados e dilapidados pela falta de sorte. A aura de virilidade sexual na atitude calma, os olhos escuros, brilhantes, sempre atentos, convidativos: um chamado ao outro sexo, bem como aos diamantes fugidios. As mulheres devem tê-lo escutado e lido de um jeito que os outros homens não podiam e não conseguiam. As datas nos papéis delicadamente rendados por insetos mostram que ele não voltou de pronto, que ele garimpou com fé obstinada em sua busca e em si mesmo por mais cinco anos.

Não voltou para Londres, para a jovem mulher, viu o filho apenas uma vez, numa única visita, quando engravidou a jovem e voltou a partir. Não fez fortuna; mas deve ter aos poucos acumulado algum lucro com as pequenas pedras que os negros desenterraram da terra para ele, porque depois de cinco anos tudo indica que voltou a Londres e usou seu conhecimento recém-adquirido das pedras brutas para se estabelecer no negócio de gemas, com ligações em Amsterdã.

O bisavô nunca voltou à África. A mãe de Frederick pôde ao menos confirmar isso, tendo em vista o interesse do filho. Os membros tardios da família do velho — sua fertilidade produziu mais filhos e Frederick descende de um deles — vieram por outros motivos, vieram como médicos e advogados, empresários, malandros e animadores, e entraram no nível social que os lucros retirados da terra por rápidos prospectores de diamante e ouro proporcionavam a quem viera de além-mar, um outro tipo de Alhures.

E essa é outra história. Você não é responsável pelos seus ancestrais, certo?

Mas se é assim, por que marchar debaixo de faixas cheias de slogans, ser espancado pela polícia, ser detido algumas vezes; colar cartazes subversivos nos muros. Isso também é passado. O passado só é válido se o presente o reconhece.

Como foi que aquele homem bonito, de olhar convidativo, um leve adejar característico das narinas, como se atrás de algum aroma tentador (em todas as fotos), as mãos fortes preenchidas com uma montoeira de anéis (nunca pôs a mão numa pá) esparramadas sobre as coxas vestidas com calça justa, viveu sem sua bonita companheira de Londres por tantas noites de garimpo? E nas manhãs de domingo, quando você acorda sozinho e não precisa levantar para educar as alunas nos fatos biológicos da vida por trás de traquinagens encamisadas — até mesmo um garimpeiro de diamantes deve ter ficado mais um tempo na cama de campanha, aos domingos, consciente das ondas de desejo e mulher nenhuma a quem recorrer. Cinco anos. Impossível que um homem tão obviamente saudável quanto ele passasse cinco anos sem fazer amor, descontada a rápida passagem pela cama conjugal. Pouco importa a implicação física; é muito triste. Mas é claro que não foi assim. Claro que ele não precisou escrever à jovem mulher para confessar que estava tendo um caso — isso é passado, não o protocolo sofisticado da liberdade sexual reinante nos subúrbios chiques, inimaginavelmente improvisado, bruto como os diamantes. Havia aquelas moças negras que vinham buscar as roupas dos garimpeiros para lavar (duas como pano de fundo de uma foto onde, de peito nu, um homem de punhos cerrados, curvado, trava uma falsa luta com um companheiro de barriga mole, no dormitório), e ambas (duas de café, uma de leite, era a descrição da época para as mestiças) junto ao rapaz da barraca-bar, fotografado sorrindo, carregando bem no alto duas bandejas de copos. Será que foram muitas, as moças como essas, durante os anos de noites e dias de privação. Ou haveria uma especial, várias especiais, não há circunstâncias cruas, o próprio Frederick sabe disso, onde não exista a possibilidade de a ternura entrar sem ser convidada na simples necessidade de foder. E as moças. O que acontecia com as moças se na precisão do homem houvesse a concepção. Os estrangeiros que apareciam atrás dos diamantes iam e vinham, a vida real deles com as mulheres estava Alhures, intacta bem lá longe. O que acontecia? Existem filhos de filhos dessas concepções paralelas engendradas por um belo garimpeiro que voltou para sua mulher, seus filhos e seu negócio com gemas em Londres ou Amsterdã — acaso essa descendência não poderia estar morando onde ele a disseminou?

Frederick sabe, como todos num país de muitas raças, que de incidentes longínquos sempre sobrevive prova de apropriação, aqui e lá, do nome, que foi tudo o que o progenitor deixou e que foi adotado sem o conhecimento ou o consentimento dele por — sentimento, ressentimento, alguma coisa devida? Mais efeitos colaterais históricos. Não se lembrou disso por uns tempos, assim como não se lembrou do encontro com o que havia dentro da pasta preta, tão esquecida como o pai. Houve um período de renovados distúrbios na universidade, destruição de equipamentos dentro dos prédios, por trás das colunas neoclássicas; felizmente não no Departamento de Biologia.

O retrato do bisavô, em sua moldura oval com vidro convexo, que sobrevivera tanto tempo sem quebrar, continuou pendurado no lugar, em cima da escrivaninha transposta para seu novo apartamento, quando ele e sua ex-mulher dividiram as posses. As fotos fornecem menos significados que retratos pintados. Abrem menos espaço de contemplação. Mas *ele* está ali, ele é — uma afirmação.

Um dezesseis avos negro.

Na lista telefônica da que é agora a cidade onde os diamantes foram escavados, haverá uma lista de gente chamada Morris. Claro que sim, não é incomum e portanto não tem relevância.

Como se tivesse pedido para comprar entradas de cinema com seu cartão de crédito, ele pede à secretária que consiga a lista telefônica de determinada região. Existem Morrises e Morrisons. Em seu apartamento, digita o nome na internet, tarde da noite, sozinho. Tem um Morris diretor de teatro morando em Los Angeles e um Morris campeão de *bridge* na Cidade do

Cabo. Ninguém, segundo essa fonte infalível, digno de nota em Kimberley.

Uma vez ou outra, ele e sobrcviventes negros de passeatas de rua nas quais no passado negros e brancos protestavam se reúnem para tomar um drinque. "Sobreviventes", porque alguns dos camaradas negros (camarada porque essa forma de tratamento não era exclusiva dos comunistas) tinham ocupado postos bem mais altos nos ministérios e gabinetes. A conversa girou em torno da reforma do sistema educacional e da ação estudantil para concretizá-la. Exceto por Frederick, poucos nesse grupo de sobreviventes, todos em seus setenta ou oitenta anos, tiveram a oportunidade de uma educação superior. Não se sentiam impedidos de fazer críticas ao novo regime que eles e gente como eles estabeleceram, ou de reagir a promessas não cumpridas. — Arrebentar o *campus* não vai acabar com as mensalidades de alunos pobres demais para pagar. Berrar e *toyi-toyiar** canções de liberdade e protesto na porta da sala do reitor, isso não vai chegar às grandes orelhas do Ministério da Educação. Cara! Não existem outras táticas hoje em dia? Eles supostamente são inteligentes, estão sendo educados, mas nem tanto, e tudo em que conseguem pensar é em usar o que tínhamos, jogar pedras, arrebentar com tudo — embora os prédios, as bibliotecas, os laboratórios e sabe-se lá o que mais sejam *deles* agora, não só dos brancos —, querem jogar fora aquilo por que lutamos, aquilo que obtivemos *para eles*. —

Alguém pergunta, seu departamento está em ordem, nenhum dano?

Outro interfere, rindo. — Eles não botariam a mão em você, de jeito nenhum.

Frederick não sabe como pôr as coisas em ordem, os estudantes não conhecem o que ele fez no passado, e, se conhecem,

---

* No original, *toyi-toying. Toyi-toyi* é uma dança sul-africana, originada no Zimbábue, e usada para protestar desde a época do *apartheid*. (N. T.)

não ligam, aliás por que deveriam, não sabem quem ele *era*, a reivindicação modesta de ser chamado de camarada. Mas isso traria todo outro debate, focalizado nele mesmo.

Quando chegou em casa, um tanto tarde, foi pego por outro ângulo, pelo visto o dos olhos do avô no retrato. Ou seria a mistura, primeiro cerveja, depois uísque, ingeridos esporadicamente.

As férias da Páscoa significam liberdade tanto do trabalho como daquele tipo de obrigação familiar que existe enquanto existe o casamento. Frederick tinha filhos com a segunda mulher, mas não era sua vez, nas condições legais de acesso, de ter o menino e a menina com ele para os feriados escolares. Houve convites de colegas da universidade e de uma atraente italiana que tinha levado para jantar e ver um filme, recentemente, mas ele disse que queria viajar para descansar. Para o litoral? Montanhas? Kimberley.

Por que diabos alguém iria querer descansar em Kimberley. Se perguntavam, ele dizia, vou ver o Grande Buraco, e quando as pessoas esqueciam o que era, tinha de lembrá-las de que era a grande boca que haviam escancarado à força na entrada da rocha vulcânica.

Nunca tinha estado em Kimberley e não conhecia ninguém lá. Ninguém, essa era a questão, a negativa. O homem cujos olhos e energia vistosa permanecem expostos sob o vidro há gerações, desde quando vivera cinco anos na África, reivindicou seus direitos. Um dezesseis avos. Certamente há homens, mulheres e filhos com parentesco mais denso que esse na corrente sanguínea de seu descendente. A lista telefônica não deu muitas pistas de onde primos, colaterais, poderiam ser encontrados na terra dos diamantes; presumindo-se que os endereços dados com o número do telefone fossem de bairros bons, de brancos, em vez de indicar áreas designadas sob a velha segregação que, por toda a parte, mantém o tipo de eufemismo floreado em nomes que disfarçam a verdade e onde a maior parte dos negros e pardos, por todas as cidades, ainda vive. E essa presunção? Aquela antiga, de cor e de classe, de que o nível de gente de quem vieram as moças que o avô usava ainda devia estar na beira da periferia da nova sociedade? Por que não poderia "Morris, Walter J. S.", de "Golf Course Place", ser um mestiço que se tornara um grande negociante, proprietário da casa onde antes não tinha permissão de entrar, jogando num clube que antes não podia frequentar?

Arranhe um branco, Frederick Morris, e vai encontrar vestígios de linfa de superioridade induzida; a história nunca acaba. Mas enquanto dava uma boa olhada em si mesmo, o raciocínio pragmático o fez deixar o hotel de rede cuja atmosfera confirmava a sensação do anonimato de sua presença e pegar estradas que iam dar nas velhas *townships* da segregação. Feriado nacional, de modo que as ruas, algumas asfaltadas e calçadas, outras de terra, poças de água, latas de cerveja e plásticos boiando, eram alegres pistas de carros, táxis e ônibus desviando de crianças, homens e mulheres que tomavam a si o direito e o momento de atravessar onde quisessem.

Ninguém prestou muita atenção nele. Seu carro, num salário de acadêmico, não era um modelo nem mais novo nem mais caro que as outras marcas na rua e, como os demais, era empurrado de uma pista a outra por algum Mercedes ocasional, com insufilme nas janelas, cujo dono certamente deveria ter se mudado, agora, para um Golf Course Place qualquer da vida. E, como um homem que escalava todo fim de semana e nadava na piscina da universidade todas as manhãs bem cedo, desde o divórcio, ele estava moreno de sol, não muito mais claro que alguns dos homens que o encararam por alguns momentos, ao passar, em ruas que ele percorreu durante um tempo como se tivesse um destino.

As escolas estavam fechadas por causa do feriado, como também estava a dos filhos; viu-se de repente num parque infantil. Os meninos escalavam a estrutura do escorregador, em vez de subir pela escada, e gritavam triunfantes quando chegavam ao topo na frente dos usuários convencionais; um perdeu o apoio do dedo do pé e caiu, aos berros, enquanto os outros riam. Mas quem podia dizer quem seria esse ou aquele, um matiz a mais ou a menos, seu filho; há simplesmente a semelhança que todo garoto possui nas caretas de emoção, nas façanhas ousadas, no corpo ágil. As meninas nas balanças, segurando irmãos mais novos, até mesmo bebês; quase todas bonitas, mas não são todas elas bonitas, as meninas com a idade de sua filha, ainda que seja impossível pensar nela cuidando de um bebê do jeito como as mães sentadas placidamente em volta permitiam. As mães. As que tinham sorte (favoritas dos garimpeiros?) eram cor de mel, as outras encardidas, entre o negro e o branco, como se determinadas por uma fotografia subexposta. Gene, o agente de fomento. Qual dessas crianças poderia ter sangue Morris, uma irmã-prima longínqua, ou o que seja, vivinha da silva, e nós aqui, juntos, no presente. Você se importa de dar um fio do seu cabelo (o dele é fino e liso, mas isso não prova nada, depois das misturas do sangue caucasiano entre tantos progenitores seguintes) para ser comparado com um pedaço da minha unha do pé ou um fiapo da minha pele, nos testes de DNA. Imagine a reação, quando eu entregar isso ao laboratório da universidade. Risos acadêmicos para esconder o constrangimento, a curiosidade. O Fred anda se comportando de um jeito estranho nos últimos tempos.

Comeu um pão de linguiça *boerewors* numa barraca de rua, pediu na língua, africânder, que se ouvia a volta toda. A língua materna, era essa a que falavam as moças que visitavam o velho (na época não era velho não, toda a sua vitalidade circulava nas veias, exposta); será que ele aprendeu a falar com elas uma língua que esqueceu prontamente em Londres ou Amsterdã, como se esqueceu delas também, nunca mais voltou à África. Ele, o descendente, perambulou por ali até o final da tarde, mal sabendo por que ficar ou partir. Depois vieram os bares que se enchiam de gente por trás de homens conversando nas portas, ao som de música *kwaito*. Entrou em um e sentou numa banqueta quente do traseiro do homem que, com um giro do corpo, acabara de vagá-lo. Depois de uma cerveja, as vozes, as risadas e o ritmo da música o deixaram tranquilo nessa sua aventura que não tentou explicar para si e que começara diante do vidro convexo da fotografia de moldura oval. Quando seu vizinho, cujo cotovelo subia e descia em gestos dramáticos que acompanhavam as risadas e os berros de uma discussão, deu um tranco e espirrou a espuma da segunda cerveja, o intruso sorriu e garantiu que não se ofendera, e foi levado a uma conversa amigável com o vizinho e seu companheiro. A discussão era em torno da decisão de um juiz de futebol; ele tinha jogado futebol quando era estudante, e poderia contribuir com uma opinião geral sobre as habilidades, ou a falta delas, entre os juízes. No intervalo, enquanto os outros pediam mais uma rodada que o incluiu sem perguntas, Frederick teve oportunidade de indagar (lembrou-se de repente) se alguém conhecia uma família de sobrenome Morris vivendo no bairro? Houve testas erguidas em autointerrogação, olhares mútuos: um deles mexeu a cabeça devagar de um lado para o outro, depois para baixo, para o que restava no copo; sugou o que havia, quando eu era garoto, tinha um garoto... o pessoal dele se mudou para outro setor, eles viviam aqui perto da igreja.

Townships alternativas foram sugeridas. Talvez houvesse gente com o mesmo sobrenome lá. Então conhecia o pessoal de algum lugar? Por que quer encontrá-los?

A resposta veio muito naturalmente. São parentes com quem perdemos contato.

Pois é, as coisas agora estão nesse pé, gente indo pra tudo quanto é lado, você nunca sabe onde se enfiaram, é um tal de vamos tentar aqui, vamos tentar ali, você não sabe se estão vivos ou mortos, meus irmãos foram para a Cidade do Cabo e nem sabem mais quem eles são... então, de onde você é?

Da faculdade de ciências da universidade com colunas clássicas, descendente de homens e mulheres do setor liberal, gerações de privilégios que os fizeram seja lá o que for que são hoje. Eles não sabem o que poderiam ter sido.

Sobrenomes sem registro nas certidões de nascimento — se é que havia algo parecido em relação à questão do fruto da comodidade sexual passageira de um prospector estrangeiro — perdem-se, não existem, quem sabe tenham sido abandonados como imprestáveis. Esses parceiros de bar, camaradas, amigos, algum deles poderia ser um dos homens que têm meu sobrenome incluído no deles?

E então eu venho de onde.

O que é mesmo tudo isso.

Ambiguidade. De que tipo de prevenção você *precisa*? O padrão dos privilégios muda a cada novo regime. Acaso seria um teste de privilégios. Será? Um ponto a mais rumo à classe dirigente, seja ela qual for. Um dezesseis avos. Um primo não sei quantas vezes distante da projeção de suas próprias necessidades masculinas sobre o jovem macho garboso preservado sob o vidro. Então o que foi que houve com a Luta (o genérico em caixa-alta de algo que nunca acaba, em que pesem as vitórias dos livros de história) pelo reconhecimento, começando comigo, de que nossa espécie, a espécie humana, não precisa de nenhum mérito percentual de pigmentos de sangue. Isso já fodeu com muita coisa no passado. Outrora havia negros, pobres-diabos, querendo ser brancos. Agora há um branco, pobre-diabo, querendo se dizer negro. O segredo é o mesmo.

* * *

Os colegas de trabalho, na sala do café da faculdade, falam dos prazeres que tiveram na Páscoa, montanhas escaladas, bichos vistos numa reserva animal, teatros, concertos — e um deles, irônico, confessa: o objetivo era não ficar para trás nas leituras para poder planejar um novo curso, abastecido com cerveja morna consumida debaixo do sol.

— Ah, e como foi o Grande Buraco?

— Fundo.

Todos riem da brevidade bem-humorada do rosto impassível.

Solitária

Ninguém, seja qual for o tipo, formato ou espécie, consegue imaginar o que, para mim, foi me ver rodopiando enroscada em tudo quanto é objeto imundo numa corrente nojenta. Eu, que estava acostumada e só conhecia os calmos processos da digestão como meu ambiente. Quanto tempo vai durar esse caos (a digestão tem sua programação ordenada) e para onde estou indo? Inútil. Tudo o que posso fazer é rastrear na medida do meu comprimento — considerável também em relação a sua duração — como eu comecei e vivi, e o que aconteceu comigo.

Meu começo é a ingestão — eu sei, soa estranho. Mas eis aí. Posso ter sido ingerida numa folha de alface, ou numa iguaria de carne crua moída que atende, acho eu, pelo nome de *steak tartare*. Posso ter entrado num dedo lambido pelo meu hospedeiro humano, depois de ignorar que tinha afagado o cachorro ou o gato. Pouco importa. Depois de ter sido ingerida, eu soube o que fazer ali onde me encontrava, ganhei consciência; a natureza é um milagre no *know-how* fornecido, prontinho, em todos os seus milhões de variedades de ovos; saí do meu diminuto contentor que olho humano nenhum jamais teria detectado embutido na folha de alface, na carne crua, no dedo, e comecei a crescer. Segmento por segmento. Comedidamente. É assim que minha espécie se adapta e se mantém, que avança para se alimentar ao longo de uma das passagens de desenho mais intrincadas do mundo. Uma trilha orgânica. Claro que conectada talvez com um sistema ainda mais complicado, essa coisa toda de veias e artérias — sangrentas; nossa espécie não tem nada a ver com aquela pulsação toda em tubos estreitos.

Minha casa era quente, forrada de muros macios, rosa-escuros, e por dentro de suas convoluções (quase dez metros enrolados delas) vinham, às vezes com mais regularidade que em outras, e sempre em ampla quantidade, diferentes tipos de comida para que eu me alimentasse em silêncio, sem ninguém saber, sem ninguém me observar. Uma existência ideal! As muitas formas de vida, sobretudo a dos milhões da espécie do meu hospedeiro, que passam fome na luz e no frio cruel, dos quais minha escuridão me protege (com os alimentos vêm não apenas o que o hospedeiro come, mas também o conhecimento do que ele sabe sobre o seu tipo e o seu meio ambiente) — elas invejariam alguém da minha espécie. Inimigo nenhum, nenhum predador atrás de você, nenhum rival. Apenas seu próprio movimento sinuoso, mexendo-se livremente, descansando, saciado. Os alimentos que vinham com tanta regularidade — anos e anos, no meu caso — já chegavam prontos para o consumo, recém-espremidos, poderíamos dizer, e misturados a líquidos de sustentação. Às vezes, durante minha longa estada ali, havia a descida de algum líquido poderoso que se espichava prazerosamente por todo o meu comprimento — que, como eu já chamei a atenção, tinha se tornado considerável — de tal forma que eu me sentia animada, por assim dizer, até o último e mais recente segmento de mim mesma.

Pensando bem, houve duas tentativas contra minha vida, antes da atual catástrofe. Mas eles não conseguiram. Não! Detectei na hora, de maneira infalível, uma substância *agressiva* contra mim, escondida nos alimentos que desciam. Não mexi naquela entrega. Deixei que prosseguisse lentamente para onde quer que estivesse indo — em suas pulsações de hábito, como as que tenho quando me locupleto; intocada! Não, obrigada. Eu podia esperar até a próxima entrega descer: limpinha, eu sabia. Não obstante o que meu hospedeiro tivesse em mente, então, eu estava em todo o meu comprimento alerta, à frente dele. Sim! Ah, e houve uma ocorrência que talvez tenha alguma coisa a ver, ou não, com o que quer que essa agressão contra minha existência pacífica significa. Minha casa, minha extensão, foi irradiada de repente por alguma forma estranhíssima, com segundos de duração, do que, fiquei sabendo em segunda mão do meu hospedeiro, pode ter sido luz, como se alguma — Coisa — tivesse podido olhar brevemente dentro do meu hospedeiro. Todo aquele maravilhoso depósito secreto que era domínio meu. Mas será que aqueles raios me acharam? Me viram? Não creio. Tudo ficou imperturbável, para mim, durante um longo tempo. Continuei a crescer, com um segmento perfeitamente medido atrás do outro. Não fiquei remoendo a breve invasão de minha privacidade; tenho uma natureza calma, como todos os da minha espécie. Talvez eu devesse ter raciocinado melhor sobre as implicações do incidente — que dali em diante meu hospedeiro *sabia que eu estava ali*; o ato da ingestão não transmite nada do que desce junto com a folha de alface ou a carne; até aquele momento, ele não tinha ciência da minha residência. Mas será que tinha suspeitado de algo? Mas como, é o que eu gostaria de saber; sempre fui tão discreta.

Gotas daquele líquido forte e agradável começaram a chegar com mais frequência até mim. Objeção nenhuma da minha parte! Aquilo só me deixava mais ativa por uns tempos, eu havia crescido, ocupava um bocado de espaço no meu domínio, é preciso confessar que me senti propensa a ondular e zanzar um pouco. Inofensivamente, claro. Não temos voz, por isso não pude cantar. Depois se seguiu um intervalo realmente tórpido do qual nunca consegui me lembrar muito bem, após ter terminado...

Uma vida satisfeita e partilhada; eu sabia que meu hospedeiro sempre havia tirado o que precisava dos alimentos que chegavam até mim. Uma coexistência justa e imparcial, eu continuo afirmando. Aliás, por que haveria eu de me preocupar com o lugar onde iriam parar os resíduos, depois que nós dois estivéssemos satisfeitos?

Oh, como eu fiquei sabendo de tudo! Como eu fiquei sabendo!

Sim, porque o que acabou de acontecer comigo — só me resta reviver tudo de novo, mil e uma vezes, em todo seu horror, como se continuasse me percorrendo em todo o meu comprimento. Primeiro houve aquele período, até que curto, em que não desceu nenhum alimento e também nenhum líquido. Meu hospedeiro devia estar se abstendo.

E então —

O assalto de uma enchente terrível, uma queimação amargosa chacoalhando em volta e me perseguindo até lá embaixo, até uma passagem estreita, escura feito breu, cheia de imundícies fedorentas. Tornei-me parte daquilo que estava abrindo caminho até lá — era para *lá* que iam todos os nutrientes, ano após ano, por todo aquele tempo, depois que o hospedeiro e eu acabávamos nosso serviço, uma podridão sufocante e efusões insuportáveis.

Jonas foi cuspido por uma baleia.

Mas eu — o termo certo para isso, creio — fui cagada.

Antes daquela cloaca de onde fui ejetada para outra ligeiramente mais espaçosa, redonda e de superfície rígida, meus segmentos nunca tinham tocado em nada parecido, naquele meu espaço úmido-estofado macio, e me vi solta com outras, muitas e muitas outras espécies de podridão, objetos, fragmentos que, pressinto, a partir de minha própria completude, haviam sido desmembrados de todos os orgânicos que alguém como eu, que nunca experimentou o exterior, apenas o interior da existência, não sabe nomear. Castigada através dessa tubulação por tais formas, todas elas medonhas, sem vida, acho que de alguma forma devo morrer com elas — tenho esse conhecimento de como crescer, mas não de como morrer, como se, pelo visto, isso fosse necessário. E agora! Agora! Toda a corrente pútrida tinha um lugar aonde chegar — desaguar (há um instante de cegueira, que deve ser a luz) e se dispersar num volume inconcebível de líquido, em termos das gotículas e gotas que haviam me alimentado. Inimaginável: sou pega em alguma coisa impetuosa, espumante, feliz; junto com algo que me faz flutuar. E estou limpa, limpa ao longo de todo o comprimento de mim! Ah, estar limpa de toda aquela imundície que nunca suspeitei fosse o que o alimento que eu dividia com meu hospedeiro se tornaria, depois de termos nos fartado. Santa ignorância, todos aqueles anos eu estava a salvo lá dentro...

Meu hospedeiro. Então *ele* sabia. Foi assim que planejou se ver livre de mim. Por quê? Para quê? Foi assim que respeitou nossa coexistência, mesmo depois de ter partilhado comigo aquelas gotas de um líquido agradável cujos efeitos alegres devemos ter curtido juntos. E terminar com ele me expulsando sem dó nem piedade, com ódio, junto com tudo quanto é tipo de lixo. Fatal.

Mas estou me adaptando a essa vastidão! Quer dizer, acho que consigo por uns tempos. Não é ao que estava acostumada e não há os alimentos de costume, mas vejo que meus segmentos, todo o comprimento deles, ainda me obedecem; posso progredir com minha ondulação normal. Ondulando, estou partindo num elemento que também o faz, estou partindo para onde essa vastidão líquida poderosa vai — a natureza imbuiu em mim o conhecimento de que tudo se move para algum lugar — e talvez lá, aonde essa força chegar, um dos meus ovos (todos nós temos um estoque dentro de nós, ainda que sejamos sozinhas e nossa fertilização um segredo) encontre uma mosca transmissora que pouse numa folha de alface ou num belo pedaço de carne de um *steak tartare*. Ingestão. Todo o processo há de começar outra vez. Voltar a viver.

Sonhando com os mortos

Você voltou ontem à noite?

Tento materializá-lo no sonho, mas você não aparece.

Vivo esperando você, porque o sonho não tem lugar nem tempo. O balão do Empíreo — sempre gostei desse nome para a minha definição livre-flutuante de Algumlugarnenhum — sem amarras na Terra. Não há passado nem presente nem futuro. Tudo ocupado ao mesmo tempo. Todas as pessoas existentes, sem limites de probabilidade.

Não sei por que num restaurante chinês — ah, não, a escolha vai ficar clara mais tarde, quando um determinado convidado chegar! Convidados? De quem é o convite. Quem oferece. Tal causalidade não se aplica; largada para trás. Erga a cabeça e verá Edward, o nítido perfil numismático de Edward Said, consciente do quanto continua masculinamente bonito nas fotografias, girando para um lado e para o outro, tentando descobrir em que mesa é esperado. É uma decisão que cabe a ele. Ele sempre soube o que lhe era destinado, a colocação de si mesmo ao longo da trilha de possíveis obstáculos, cristão-muçulmano, palestino-cairota, norte-americano. Ele é seu próprio lanterninha, guiado por um facho de nítida luz intelectual e sensibilidade. Aqui não é o lugar para lembrar disso, mas se você é um dos que ainda vivem em carne e osso, ligado por sinapses e neurônios, há de se lembrar que a mulher dele, Mariam, contou que, na sua última viagem até o hospital, Edward discutiu com o motorista por causa do caminho escolhido.

Edward. Ele para um instante, antes do abraço de saudação. Seu jeito familiar de marcar o momento de um encontro surgido da sorte e da concatenação de compromissos de amigos. Tranquiliza o fato de estar usando uma camisa colorida, e o desenho floreado da gravata se confirma no pedacinho do lenço de seda que aparece acima do bolso da frente de seu como sempre elegante paletó. Edward nunca precisou provar sua superioridade mental com desmazelos professorais e caspa. Deixamos os como vai você de lado, não há sentido em tais banalidades, aqui. Ele pergunta por que não tomamos alguma coisa, enquanto esperamos — parece saber por quem, embora eu (exceto por você) não faça ideia, assim como também não sabia que ele viria a este lugar enfeitado com lanternas de papel. Faz sinal para um garçom que não finge, na habitual afirmação de dignidade contra servilismo, não ter percebido. Edward nunca precisou mandar, eu já havia notado isso várias vezes; há qualquer coisa naqueles olhos médio-orientais insondavelmente negros, de imemorial ancestralidade, que não requer palavras exigentes. Olhando para trás, para mim, ele pede o que sempre bebemos para saudar o encontro. Desculpa-se com bom humor, "não sei como consegui me atrasar, é preciso muita arte", embora não esteja atrasado porque não era esperado, e para mim não há explicação inteligível para o que poderia tê-lo atrasado.

Mergulhamos imediatamente na habitual troca animada de interpretações de acontecimentos políticos, falamos do tráfico internacional de poder, dos conflitos nacionais de ordem religiosa e secular, do obcecado alpinismo do ser humano na terra e, então, estamos prontos para voltar às preocupações pessoais, para as quais, instintivamente selecionadas em cada amizade, há níveis diferentes de confiança. Antes que cheguemos aos nossos, alguém mais se aproxima da mesa; até mesmo eu, que conheci aquele rosto durante toda a transformação ao longo do tempo e em relação a muitos cenários e circunstâncias, desde julgamentos por traição no país onde ainda sou uma das que estão vivas às festas que duravam a noite toda em Londres, não reconheço quem entra. Quando para na mesa, o rosto se crispa com a risada britânica de saudação: é Anthony Sampson. Quem? Sim, porque em vez das calças folgadas indignas do paletó de *tweed*, ele veste uma túnica africana. Não se trata apenas de uma camisa larga de cores vivas, de uma *dashiki*, que ele pudesse ter comprado quando morou na África e vestiu numa confortável informalidade de veraneio para participar de seja lá o que for que esta reunião é, e sim uma túnica até os tornozelos — falando nisso, não pode estar quente no restaurante chinês; não há clima num sonho. Quando estava na África do Sul e era editor de um jornal cuja equipe era negra, ele pertencia, tinha intimidade com os botecos dos guetos, apesar da pele rosada dos britânicos, isso antes dos tempos em que os trajes africanos entraram na moda como marca do não racismo de quem os veste. Sampson não tinha o menor interesse em estar na moda, qualquer que fosse a regra. E não mostrava estar ciente, agora, de sua túnica esvoaçante. De modo que eu também não; e Edward tampouco, ainda que eu ache que já tinham se encontrado no Outrolugar. Edward levantou-se enquanto Anthony e eu nos abraçávamos e trocávamos um beijo no rosto, depois Anthony cumprimentou Edward com uma relembrada — ao que parece — admiração e sentou-se numa cadeira, tendo que arrumar a túnica em volta dos pés, como uma saia.

Retomamos, agora nós três, a conversa interrompida sobre conflitos e escândalos políticos, regras e ideologias, governos corruptos, fundamentalistas tiranos nascidos e crescidos no Oriente Médio e no Leste europeu, e aqueles criados pela presunção do Ocidente. Um garçom subservientemente intrometeu-se distribuindo cardápios, mas todos nós o ignoramos como se tivesse ficado claro que estávamos esperando mais alguém. Eu estava esperando você. Mesmo que restaurantes chineses nunca tivessem sido sua culinária favorita.

Quem nós estávamos esperando?

Pergunto-me, agora que fui acordada por um gato pesado se acomodando nos meus pés, mas na hora não, ninguém me perguntou nada e eu não precisei responder: você. Edward abriu um cardápio enorme de couro como se fosse um atlas geográfico. Talvez isso significasse que ele e Anthony sabiam que não viria ninguém. Não havia mais ninguém disponível entre os mortos da roda deles. Talvez os mortos mais recentes não pudessem entrar nos sonhos. Mas não; Anthony era um caso recente, e lá estava ele, ainda que estranhamente disfarçado em categoria de crendice infantil segundo a qual, quando você morre, cria asas e se torna um anjo no Empíreo.

De repente ela estava ali, sentada na cabeceira da mesa como se estivesse conosco desde o começo ou, talvez, como o tempo não existia, nós não tivéssemos reparado quando ela entrou. Susan. Susan Sontag. Como podemos não ter notado a passagem daquela presença sempre hiperbólica pela soleira (metáfora estúpida a se escolher, nas circunstâncias, mas isto é o relato da manhã seguinte), não apenas no sentido de sua altura e tamanho: uma deusa mítica, uma estátua de Atenas-Medeia com sua magnífica cabeleira negra afirmando dupla autoridade, ao mesmo tempo inspiradora e ameaçadora, descerrando as feições resolutas feitas por um escultor, de olhos imperiosos escavados no mármore.

Pelo visto, houve cumprimentos. Exclamações de prazer, abraços e não tão íntimos mas igualmente sinceros apertos de mão trouxeram animação, todos falando ao mesmo tempo, um por cima do outro. A bela voz grave de Susan interrompeu-se num aparte para chamar o garçom pelo nome — mas é claro, então este é o restaurante chinês no SoHo nova-iorquino aonde ela costumava me levar! Os garçons a conhecem, ela é a *habituée* que julga o que está especialmente bom para ser pedido, na verdade ela revoga com um gesto carinhoso de sua bela mão as escolhas hesitantes dos outros e pergunta, insiste, desaprova, rindo de algumas sugestões do garçom; ele sem dúvida sabe do que os cozinheiros não vão conseguir se safar, com ela. Mas ela nos permite decidir o que vamos tomar. Susan nunca foi de beber e esse, entre seus restaurantes prediletos, provavelmente não tem uma adega nos padrões dos cultivares especiais da França e da Itália, para os quais abre uma exceção.

Como se, não fumante, carregasse uma caixa de fósforos, acende-se dentro dela uma chama que incendeia a situação palestino-israelense. As luzes se acendem sobre Edward, é claro, embora este não seja um grupo onde cada um veja sua identidade pessoal e sua suposta lealdade incondicional, determinada por nascimento, fé, país e raça, como a soma decisiva e imutável do eu. Edward é um palestino e também, em sua ética de ser humano, um judeu, sabemos disso pelo que escreveu, pela exposição do orientalismo que há em nós, pela invenção do Outro que sobreviveu ao fim do velho estilo de colonialismo até a globalização. Se Susan é judia, ela também tem uma identidade para além desse rótulo, a sua identidade é vietnamita, sarajeva, muitas outras, fazendo a soma do eu.

Eles levaram isso tudo até o Algumlugarnenhum. Ao restaurante chinês, ali, entre nós.

Anthony Sampson não intervém muito naquela sua rapidez

contida do falar semiaudível da alta classe inglesa, no entanto dá uma nova direção ao que emerge dos outros dois que discutem eloquentemente um com o outro, de pontos de vista opostos, até mesmo sobre o que concordam. Um jornalista que alcançou a distinção de integridade absoluta em eventos venturosos deve ter começado como um bom ouvinte. E eu — minhas opiniões e julgamentos estão lá embaixo, na confusão da vida — não tenho a perspectiva que os mortos devem ter atingido. Mas a distância com que Edward parece ver o insistente retorno de Susan a uma visão apaixonada das legitimidades opostas de palestinos e israelenses é enigmática. Depois de toda a sua clareza e o seu comprometimento com aquela terra pisoteada de conflitos que deixou para trás, buscando palavras inequívocas e agindo para uma justa solução (sob a premissa de que exista uma), pondo sua mente brilhante nisso, contra toda e qualquer hostilidade, inclusive a última — a morte: como, essa falta de resposta? Lassidão? Seria isso a paz dos mortos, que ultrapassa toda a compreensão humana, que os apaniguados das religiões anunciam? A balbúrdia de um para contrariar o outro, um suprimento gratuito de virgens? Lassidão. Mas Edward Said: nunca uma célula inativa naquele cérebro ímpar.

"O que você deixou por terminar?"

O garçom favorito tinha trazido até a mesa um carrinho de dois andares, quase do comprimento da mesa, mostrando uma brilhante composição de morros e jardins de verdes encrespados. Susan, com sua insaciável busca pela verdade, em vez de se deixar enganar pelas informações, ousou introduzir, enquanto se voltava para a plêiade de comidas, um assunto que talvez não seja próprio de abordar diante dos outros convidados.

Ela se servia com crítica concentração, isso não, aquilo sim — e um pouco mais disso —, enchendo até a própria satisfação, estética e antecipatória, um dos enormes pratos com os quais o restaurante adquirira fama.

Edward esperou até ela chegar a esse resultado. "Nada está terminado. Finalidade: esse é o erro. Essa é a reivindicação da ditadura. Hegemonia. De nossa parte, teremos sempre de pegar a bagagem, tirar da experiência o que for bom e descartar o que fomos persuadidos a elogiar, se isso for destrutivo."

Sonhos não têm sequência, como sabemos, isso depois daquilo. Isso terminado, aquilo começando. Você pode estar fazendo amor com alguém desconhecido, apanhando moedas esparramadas na rua, dando um pronunciamento numa reunião da diretoria, sendo perseguida, nua, num shopping center, sem os necessários deslocamentos na sequência. Estivessem os convidados se servindo — os outros, Anthony e Edward — ou conversando enquanto davam garfadas ou tomavam aqueles goles de vinho ou água que precedem o que se diz à mesa, eu me enganara na minha lógica sobre os ainda vivos, de que ainda falavam das responsabilidades pelo 11 de Setembro, do tsunami, da fome em Darfur, das eleições no Iraque, da Ucrânia, dos confrontos de estudantes contra as restrições de emprego em Paris, da acusação de estupro que levou um membro de governo do meu país ao tribunal: preocupações de meu próprio presente ou de meses recentes, de anos; claro que era tudo a mesma coisa para eles. O que eu estava fazendo no restaurante chinês de Susan, aliás?

São notícias, o que trocam entre si sobre aquilo em que estão engajados. Agora. Edward está sendo estimulado a contar alguma coisa que explique, ao menos para mim, a distância que mantém da percepção de Susan a respeito dos desdobramentos (seja em que fase for que tenham acontecido quando ela abandonou o acesso a jornais, televisão e informantes) no Oriente Médio. Edward acabou de terminar um concerto para piano. Não consigo resistir à tentação de acrescentar, com deleite, "Para dois pianos". O apartamento dos Said, no Upper West Side, em Nova York, tinha o que nunca se poderia esperar ao entrar, dois pianos de cauda tomando conta de uma das salas de estar. Edward uma vez comentou comigo, ainda que afetuosamente: "Você tem a palavra escrita, mas eu tenho a escrita e a música". Pianista amador, mas no nível de concertista, já havia tocado com orquestra sob a batuta do amigo Daniel Barenboim.

Ali estava o sorriso autenticando minha ida, conduzida por ele, até aquela sala exoticamente mobiliada; quem sabe um roçar de sua mão. O toque nem sempre é sentido, nos sonhos. Lá estava o erudito, o intelecto político-filosófico, o investigador da moralidade internacional segundo a ordem do mundo, uma vida cuja motivação motriz não foi escolhida e sim imposta: palestino. Um destino existencial, entre seus vários outros, mundanos. Está engastado nas fundações, nas cátedras acadêmicas, honras conferidas ao nome. Tudo isso. Porém a morte é o descarte não mencionado. Edward Said é um compositor. Há também a bagagem que se leva. Dois pianos de cauda. Entre os vivos, é Carlos Fuentes quem pergunta se a música não é a "verdadeira folha de figueira de nossas vergonhas, a sublimação final — para além da morte — de nossa visibilidade mortal: um corpo de palavras". Será apenas a música, "livre dos elos visíveis, a purificação e as ilusões da penúria do corpo"?

Edward. Um compositor. O que sempre foi, o que deveria ter sido; porém teria o ameaçador mundo externo pedido demais dele? É numa sinfonia que Edward Said está trabalhando agora.

"Qual é o tema, o que você vai nos dar?" Susan nunca teve medo de insistir, sua paixão por toda a criação é tão forte que isso justifica a intromissão.

"Não preciso dizer a vocês que os movimentos de uma sinfonia são no fundo apenas isso, uma resolução, sinfonicamente falando." Edward está prestando um tributo à parte ao amor e ao conhecimento de música da não intérprete Susan. "Ainda é — como dizer —"

"Você ouve, você toca? Está nos seus dedos?" Susan é incansável na busca dos processos de alguém eloquente com palavras que nem sempre as pessoas querem ouvir.

Ele dá de ombros e pensa. Será que ela não sabe que esse é o caminho, o equivalente a frases rascunhadas, meias sentenças rabiscadas, palavras essenciais e solitárias ditas num gravador que antecederam os livros que ela escreveu, os livros que ele escreveu. A sinfonia que ele — ouve? toca? transpõe para os hieróglifos da arte? — se baseia em canções folclóricas judaicas e em lamentos ou cantos palestinos.

O nosso é um coro de entusiastas. Quando será terminada a obra. Quanto já foi feito. "Já fiz", Edward diz. Pronta. "Para a orquestra", e abre bem as palmas e os antebraços, pressionando os cotovelos nos quadris. Leio sua mente como só um sonhador consegue: pena que Barenboim ainda não esteja pronto para reger o trabalho; não chegou ainda.

Essas são pessoas acostumadas a se envolver com as diretrizes tomadas por elas mesmas, ideias, pensamento e ação. Não é conversa fiada de bar. Anthony Sampson aproveita a oportunidade apenas porque não teve chance, até agora, de admitir a Susan que ela, como ninguém mais, fez da aceitação complacente do sofrimento uma vergonha. Desde Goya!

Susan dá sua esplêndida risada congratulatória de desprezo e, como resposta, cita o que o público de televisão tem pela frente "ainda por vir no Tempo, as imagens não sumirão: assim é a natureza do mundo digital". Morta faz pouco, ainda não o vagou totalmente: isso vem de uma de suas últimas olhadas no mundo, o livro que Anthony elogia, *Diante da dor dos outros*.

Mas isso é para o museu da memória largado para trás como se fosse o fenômeno de, por uns tempos, o cabelo do morto continuar crescendo. Susan trouxe consigo a espada de palavras que sempre manejou com tanta habilidade em defesa dos desarmados. Ela assumiu a defesa dos homens.

"Você!" Edward gosta do que sem dúvida é um novo estilo de antagonismo feminista. Somos antecipação e risos, todos nós. Mas Susan Sontag não é nenhum Quixote, com uma bacia de barbeiro servindo de elmo para seu traje de guerra.

"O que foi que lhes tirou o poder de viver plenamente? Esqueçam Huntington e seu choque de civilizações. O choque dos sexos trouxe consigo a sujeição do homem heterossexual. Nós mulheres conseguimos, com certeza, alcançar o derradeiro resultado como seres emancipados, conforme queríamos? Uma inversão dos papéis de opressor e oprimido, a degradação do ser humano. A ação afirmativa criou uma elite de gênero cujo comportamento é igual ao dos homens, altos cargos para as amigas assim como eles os concedem a pessoas, qualificadas ou não, que tenham algo entre as pernas."

Alguém — talvez tenha sido eu — disse: "Muçulmanas, as mulheres — ainda atrás do véu negro —, os homens sofrem com elas?". A intervenção é tomada como pergunta retórica.

Não sou páreo para Susan.

"Veja como eles seguem as mulheres, mães, avós, matriarcas, tias e irmãs, junto com uma infinidade de filhos: esse é o poder por trás da burca. *Seus* homens — não se esqueçam do possessivo — carregam todo o fardo feminino através de toda uma vida masculina, sustentando mulheres que sabem que sair à rua para ganhar o pão significa competir econômica, política e psicologicamente dentro da realidade do mundo. O trapo negro é uma cortina de ferro."

"E os homens gays?" Anthony é um conhecido apreciador das mulheres, porém seu senso de justiça continua tão alerta e zombeteiro como o dos demais.

Susan o olha de cima a baixo: talvez tenha confundido sua óbvia heterossexualidade e confiança com o fato de ele não precisar se defender em suas relações com as mulheres. Susan se dirige a todos nós.

"Quando o bar gay fecha, são as lésbicas que ficam com o emprego — aberto a seu gênero *enquanto mulheres*. Em vários países, os homens gays não são aceitos nem mesmo pela última instância do *amour propre* masculino, o exército. Não servem nem para o sacrifício."

Nesse meio-tempo, Edward recuperou o apetite e faz considerações sobre esse prato, depois aquele, em escolhas que prometem a sutileza que lhe é tão sedutora como (ah, comparação torpe) considerar o desempenho desse e daquele músico ao piano. Enquanto a mão esquerda pronuncia um acorde e a direita responde mais alto. Porém a discriminação dos papilos gustativos não dilui sua exigência: "O que houve com a inveja do pênis?".

Mesmo assim, Susan lhe dá o conselho de que ele obviamente precisa, nada de pato, os camarões são melhores, não, não, esse frango é só para paladares embotados.

O garçom já está zanzando de lá para cá, servilmente, com uma oferta discreta do que há no cardápio das sobremesas; alguns de nós dispensamos a refeição principal. Talvez estejamos prontos para o que segundo eu me lembro vem em seguida neste lugar, que está como sempre esteve, os carrinhos de munificência nunca se esgotam. Biscoitos da sorte. *Sorbet* com lichias; mangas? Talvez seja o nome das frutas tropicais o que nos faz atentar para o traje de Anthony. "O que você anda aprontando?" Esse é Edward. "De qual corporação internacional você está dissecando a anatomia?" Como se a túnica africana pudesse ser algum tipo de traje médico do cirurgião jornalista. O oracular Edward lembra: "Quem haveria de prever que até mesmo os mais poderosos do mundo um dia teriam medo de ficar sem — exceto você, claro, quando escreveu o seu *As sete irmãs*... aquilo foi...". Os leitores de seu livro sobre a indústria do petróleo e o próprio escritor ignoram a referência ao museu da memória, sua documentação temporal. "Quem previu que aquela infusão malfazeja dos campos petrolíferos que impulsiona o mundo iria ficar mais cara que o ouro, a platina, o urânio, sim! — Sim! — em termos de estratégia militar pelo poder, de violenta apropriação rapace das esferas de fornecimento, sem esquecer a influência política. Quem previu que seriam armas por petróleo, sangue por petróleo. *Você!*"

Eu não sei em que estágio a continuada crise do petróleo existe, na consciência do restaurante chinês Empíreo.

Anthony dá de ombros e ri constrangido, sob aplausos. Agora — e para sempre — mostra-se profeta, porém dele vem apenas a afirmação simples utilizada por toda a tribo britânica. "Qualquer um poderia saber."

Susan assume com um floreio a imagem de Edward. "Dobrem e redobrem a lida e o trabalho,* o caldeirão que recebeu o que jorrou da terra e do leito do mar? Elas não."

Edward e Susan gostam da modéstia de Sampson e o incitam a ir adiante.

"Bom, se o livro fosse — pudesse — de alguma forma tivesse sido..." Um leve inclinar depreciativo da cabeça.

Claro, quem sabe se uma visão tardia dele, reimpresso, na lista dos mais vendidos. Agora não há mais necessidade de direitos autorais. Sem taxa para o almoço chinês.

Agora é Susan quem pressiona. "E então, o que você anda fazendo?"

Quem sabe ele esteja contando com a chegada em breve de Mandela, para poder acrescentar um posfácio à sua famosa biografia do grande homem.

"Ah, vai ser bom rever você de vez em quando numa taverna."

---

* Verso repetido pelas Três Bruxas que preparam um feitiço para Macbeth, herói da tragédia homônima de William Shakespeare, na parte IV da peça. (N. E.)

Taverna?

Provavelmente eu sou a única outra, além do próprio Sampson, que sabe que esse é o termo sul-africano politicamente correto para o que costumavam ser os *shebeens* (antigo termo emprestado dos irlandeses), os botecos dos guetos negros.

Susan vira sua linda boca generosamente desenhada para exibir descrença e olha para Edward. Das profundezas, o poço do olhar dele envia de volta reflexos de intrigas.

Anthony Sampson tem algum tipo de bar.

Será que ele acrescentou "meu barzinho" — aquele oculto resmungo britânico sempre semiaudível. Isso poderia explicar o traje africano. E ao mesmo tempo torná-lo ainda mais misterioso para nós (se é que aquela que sonha e não foi convocada pode ser incluída no sonho).

"E há quanto tempo esse lugar funciona?", diz Susan de novo.

Onde?

Onde não tem importância. Não há um lugar, assim como o restaurante chinês invocado pela expectativa de Susan a respeito de sua própria chegada. (Nunca poderia ser um lugar da minha expectativa por você.)

Quanto tempo?

O traje africano não é apenas uma escolha confortável para o que se poderia antecipar como um restaurante superaquecido, ao estilo nova-iorquino. É uma vestimenta ritual, uma túnica profissional. Anthony Sampson prestou uma atenção especial, já que não há medida de tempo na indução do *sangoma*.

Sangoma. Como. O que é isso.

Sei que é o que usualmente se entende como curandeiro, mas esse é um termo ímpero-colonialista que nenhum dos dois companheiros de Anthony usaria, especialmente Edward, cujo trabalho clássico, *Orientalismo*, continua a receber inúmeras reedições como prova dos avatares do antigo fenômeno do poder disfarçado sob novos nomes.

O "lugar" de Sampson é um *shebeen*, parte do seu lugar na África que ele nunca vagou quando voltou à Inglaterra, assim como o restaurante chinês é parte do lugar nunca vago na Nova York de Susan. Porém o *shebeen* parece servir a um propósito diferente; melhor dizendo, ele carrega em sua transformação o que de fato já existia. Sampson não é apenas mais um dos que, num acúmulo de gente, se faziam ouvir acima da música na "Casa da Verdade"— ah, esse era o nome do "cortiço" de Sophiatown da cidade branca, poético nas reivindicações de seu foro. Ele não é apenas um dos que tomaram a mistura de Big Mama de cerveja-conhaque-óleo-de-freio e sabe Deus o que mais, ouvindo, penetrando nas alegrias e tristezas, nos estados de espírito de desafio e desesperança, descaradamente vivos, de homens e mulheres que fizeram dele um irmão, ali.

Ele regressou para isso, para uma parte do mundo, saiu do isolamento no mato de Algumlugarnenhum com conhecimento para oferecer, ao invés de, como dono de bar, oferecer bebidas grátis. O conhecimento do curandeiro tradicional. Ele serve aos diagnósticos do *sangoma* e alivia dores, desafios e desesperos que não podem ser afogados ou dançados, que não podem ser expulsos com o canto.

"Veja, um psicanalista!"

Quem haveria de imaginar que Susan, tão sabedora de tantas variações de culturas, poderia se espantar tanto. O impacto joga sua magnífica cabeça para trás, na risada.

No "Tony's Place", com seus extraordinários dons de jornalista elevados a outra esfera de perguntas, Sampson guia com o terceiro olho os fregueses do bar — não, espere; os pacientes — para que saiam em busca do que há por trás dos motivos apresentados por outras pessoas, e do que pode ser perigoso por trás dos motivos do próprio paciente. Ele descarta: não faz poções de amor. Poções mortais de ódio para borrifar em volta da casa do rival? Isso é magia de xamã, não é cura. Os fregueses, cerveja na mão, falam com ele, desembucham o que têm lá dentro. Enquanto ele continua, relutantemente, a narrar, diz que observa a linguagem corporal deles e recolhe o que fica por confessar entre as palavras. Não. Ele não lhes diz o que fazer, não dita uma solução para confundir, destruir o inimigo, ele os aconselha a lidar consigo próprios.

"Um psicoterapeuta! Claro, é isso. Meu querido Anthony!" Ele provou que a psicoterapia era praticada na África antiga, assim como tantas outras "descobertas" ocidentais, reivindicadas pelo resto do mundo. Susan põe o braço em volta de seus ombros, para reconhecê-lo como um original.

E não são todos eles, os três? Como faremos sem eles? Estão se esvaindo, estão saindo da mesa, escuto no arquivo da minha cabeça linhas esparsas de leituras adolescentes, um exemplo que se encaixa na definição de Edward do que é o orientalismo ocidental, alguma versão europeia do trabalho de um antigo poeta persa. Não é o trecho que fala do jarro de vinho e de ti. "... Alguns que amamos, os melhores e mais adoráveis... Beberam sua taça uma ou duas rodadas antes / E foram um por um descansar no silêncio." Sozinha no restaurante chinês, isso me vem não como um romantismo exótico, e sim como a partida dos três convidados.

Fiquei sentada à mesa, você não apareceu, tarde demais.

Você não vai aparecer. Nunca.

Uma mulher frívola

Quando ela morreu, encontraram um velho baú, tão requintado quanto um cofre de pirata, contendo várias fantasias, duas máscaras bordadas com lantejoulas e pastas protegendo cardápios de jantares decorados por desenhos bem-humorados, com a dedicatória dos artistas.

Ela levara consigo sua valiosa coleção ao fugir do extermínio dos judeus alemães organizado pelos nazistas. Deixou para trás em Berlim, sem dono, a bela casa onde se ofereciam jantares, convidados famosos, cantores de ópera, regentes de orquestra, pintores, colecionadores de arte e políticos da República de Weimar — Walter Rathenau, liberal, o último ministro de Assuntos Exteriores daquele governo, fora assassinado por radicais da direita.

Sua família no país da emigração levantou esse tesouro quarenta anos mais tarde, rindo, sacudindo a cabeça, fazendo caretas de incredulidade. Um dos netos adultos, para quem a avó era história, pensou, mas não disse: ela resgatou essas besteiras para trazer consigo enquanto outros eram transportados em vagões de gado.

44

Velha Grete! O filho gostava de dizer que, quando jovem, nas festas em seu país adotivo, para o qual obtivera direito de entrada para si, a mulher e a mãe, ele ficava constrangido no momento em que ela sumia por alguns instantes e reaparecia na soleira da porta com castanholas e mantilha, cantando e sapateando feito Carmen. Porém, ele deve ter se habituado *in utero* a seu talento gregário para a performance, porque a noite do nascimento dele é comemorada por um cartaz anunciando a abertura de uma exibição de pinturas da impressionista Lovis Corinth, numa galeria da moda de Berlim; confiante de que, com a segunda gravidez, poderia calcular a progressão das dores do parto, a mãe não dissera nada sobre o assunto e acompanhara o marido numa ocasião que ela jamais se permitiria perder, um vernissage. Ao chegar em casa, deu à luz o menino. A história confere com a certidão de nascimento (entre os papéis de emigração) e com a reprodução de um cartaz num livro de arte.

O que o filho não contou foi a outra história da emigração dela. A cena da Carmen, que muita gente achava fazer parte do clima festivo geral, era digna de nota porque, ao mesmo tempo, sua mãe estava instalada numa pensão que, pelo visto, não se assemelhava em nada com os aposentos elegantes que agora abrigavam alguns oficiais do Terceiro Reich. Entretanto, em 1939, ela insistiu, apesar dos clamorosos protestos do filho, em voltar para a Europa. Não poderia abandonar Heinrich! Precisava visitar o filho mais velho, que havia escolhido a Dinamarca. Ao contrário do seu inteligentemente precavido irmão caçula, Heinrich era um daqueles que queriam ficar por perto porque o episódio de Hitler certamente não iria durar. Ela escondeu do filho, que conseguira levá-la em segurança para um país bem distante, que tinha também a intenção de voltar a Berlim. Tampouco poderia abandonar a velha e maravilhosa família de criados — que não eram judeus, felizmente para eles —, o fiel jardineiro-faz-tudo que herdara do pai, a camponesa que fora ama de leite dos filhos e exercera uma função não definida dentro daquilo que se tornou sua única vida. E, claro, amigos do antigo grupo de intelectuais que, como os humildes criados, seguramente não eram judeus — e nunca se tornariam nazistas? Pelo visto, não tinha a menor consciência de que poderia comprometê-los ao se proclamar amiga de longa data; sua família fora assimilada fazia gerações. Eles gostavam de carne de porco tanto quanto qualquer alemão e não tinham circuncidado os filhos.

Quando suas cartas começaram a chegar com carimbo alemão, o filho exigiu que ela saísse imediatamente de lá. Ela se deixou demorar, com desculpas persuasivas e tranquilizadoras — só mais uma semana, que diferença faz. Por fim, tomou um navio na Holanda e emigrou uma segunda vez, da mesma Roterdã e na mesma linha. Três dias ao mar: a notícia de que fora declarada guerra entre a Grã-Bretanha e a Alemanha. Aquilo que se tornaria a Segunda Guerra Mundial havia começado. Quando o navio chegou ao Senegal, na costa ocidental da África, foi apreendido no porto de Dakar. Senegal era uma colônia francesa e a França, àquela altura, entrara na guerra como aliada da Grã-Bretanha. A mãe gazeteira ainda tinha passaporte alemão e, com outros que também o tinham, foi levada sob escolta policial do navio até a detenção, nas ruínas de um asilo de leprosos nos arredores da cidade. Na data marcada, o filho esperava a chegada da mãe num porto do país de adoção. A Holanda não havia declarado guerra, não havia motivo para que um navio da Linha Holanda-África fosse molestado no caminho. Ele combinou com um amigo para que fosse encontrá-la no desembarque e a pusesse no trem que a levaria ao interior, onde ele estaria esperando. Em vez disso, recebeu um telefonema aflito, quase incoerente, desse amigo. O navio ancorara, os passageiros surgiram, mas Grete não. Havia outros parentes e amigos, prontos para saudar o retorno de viajantes, esperando atônitos a descida festiva de passageiros. Todos buscaram uma explicação com alguém, qualquer um. Com o pandemônio criado, o capitão resolveu aparecer e, como se ainda estivesse atordoado de medo, disse que não tinha podido fazer nada quando as autoridades francesas entraram no navio e exigiram que ele entregasse, sob custódia, todos os que tinham passaporte alemão. Não sabia para onde tinham sido levados.

Ali começou, para o filho, o que deve ter sido um pesadelo ao mesmo tempo surrealista e desesperadamente prático. Ele guardou em algum lugar — por que fazemos essas coisas? —, no reservatório da vida documentada *dele*, as cartas, as rejeições oficiais, os bilhetes suplicantes em visitas a consulados e departamentos governamentais na sua estratégia para obter a liberação dela.

Se ainda estivesse viva.

Como é que poderiam processos burocráticos — os únicos disponíveis, infernizar a Cruz Vermelha, importunar os aterrorizados suecos que, apressadamente, haviam sido nomeados representantes dos detidos em campos improvisados sabe Deus como e onde pelo caos da guerra — alcançar o vazio, o silêncio; pior, uma rajada de imagens jogando para o alto sede, fome, desertos esturricados, dilúvios tropicais.

Depois de três semanas, chegou uma carta. Endereço do remetente: Campo de Concentração de Sébikholane. Viva: sua caligrafia floreada numa folha suja de papel. Seu inglês. Muitos pontos de exclamação seguindo a afirmação de que, porque ela falava francês, conseguira persuadir o guarda a enviar essa carta. Teve febre, mas já está tudo bem de novo. As outras pessoas presas com ela são maravilhosas. Tem uma trupe de circo e ela é muito amiga de todos; a trapezista dorme na cama pegada, na barraca onde todos dormem, e o namorado, também das cordas bambas, vem até ela, tão doce, eu só pus o guarda-chuva daquele lado da cama. Eu sei, querido filho, que você está fazendo tudo o que é possível para me tirar daqui. Tem uns ratos imensos! Faz um calor infernal, mas eles dizem que daqui a algumas semanas vai refrescar um pouco.

Um pós-escrito. Está todo mundo muito satisfeito porque eu também consegui fazer com que um guarda francês nos traga um quarto de litro de vinho tinto para cada, todos os dias!

A Cruz Vermelha, o Consulado Francês e os espantados suecos de alguma forma conseguiram; depois de seis semanas, os moradores do campo foram libertados para completar sua viagem pela Linha Holanda-África. Ela abriu os braços para o filho do mesmo jeito que sempre fizera quando ele era menino e ela chegava de Deauville ou de um spa na Suíça. E ela própria uma criança encantadora, sob a presunção de que tudo fora esquecido, não mostrou nenhum arrependimento pelo temor e ansiedade que causara com sua escapulida malandra. A raiva e a frustração tinham se debatido com o medo, no filho, e o medo ganhara — não poderia censurá-la. Olhando em vez disso para o que poderia ter contribuído para que a mãe viajasse contra suas ordens, pensou em instalá-la num apartamento confortável, com empregada todos os dias, mas, com seu estilo usual de se contrapor, ela fez como queria e ficou na pensão: Onde mais dá para eu viver sendo a mais nova?

Para a velha Grete, tudo era uma festa. Pelo menos o filho a convenceu a fazer um checkup com um dos frequentadores do *salon*, um médico imigrante de Frankfurt. Ele confirmou que os sintomas de febre que pedira a ela para recordar eram, de fato, causados pela malária, e que o vírus poderia estar ainda dormente em seu sangue e voltar num outro ataque. Ela optou por entender mal. "*Ach Kwatsch!* Eu durmo como um bebê." Era verdade que, no seu diminuto quarto, conservava a antiga divisão das horas ao estilo da alta vida berlinense — nunca deitar antes da meia-noite e nunca levantar antes do meio-dia. Disso resultou um dos impossíveis incidentes da velha Grete. O quarto não tinha banheiro privativo e ela circulava de forma amigável com seu roupão de babados e sua touca de banho de plástico para ir até o banheiro comum. O quarto só tinha uma pia com água corrente. A pensão também não empregava criadas; era costume, naquele tempo, haver "meninos de quarto" para atender as pessoas. Homens adultos, negros, vindos de regiões agrícolas, ganhavam um uniforme de algodão rústico, uma bermuda imitando os folgados calções cáqui dos primeiros colonos britânicos. Ela conversou com seu idoso "garoto de quarto" e, em segredo, combinaram que ele entraria silenciosamente em seu quarto e cumpriria seus deveres de limpeza enquanto ela dormia, uma vez que acordava muito depois que a ronda matinal de serviços de limpeza supostamente terminava. Essa era outra coisa a ser escondida, dessa vez do dono da pensão, tanto em benefício do empregado como seu. Um dia ela abriu os olhos e viu o garoto de quarto se olhando no espelho enquanto escovava os dentes com a escova dela. Quando narrada para divertir o filho, também ele crispou os lábios e mostrou os dentes, num nojo incrédulo: o que ela pretendia fazer a respeito? Ela comprou uma escova de dentes e deu de presente a ele — Esta aqui é sua, Josiah.

Sua vida social, como o seu tempo, era construída segundo uma escala reduzida do velho modelo que ela conhecia. Nenhuma festa pós-ópera — também não havia muita ópera em volta —, concertos e, claro, clubes noturnos. Como parceiros de dança ela tinha um ou dois companheiros constantes. Eram homossexuais ("gay" ainda não tinha virado um estado de espírito exclusivo do gênero), não gigolôs com obrigações sexuais. Não eram pagos; apenas imigrantes mais jovens, do mesmo círculo, que sentiam falta das festas tanto quanto ela, e para quem, menos pobre que eles, ela pagava. Também fez amizade com pessoas com quem o filho e a família jamais pensariam que ela pudesse ter qualquer coisa em comum, da mesma forma como eles não tinham. Uma africânder buliçosa e conversadeira, A Pienaar (essas mulheres produtivas eram chamadas pelo artigo definido e sobrenome) talvez tenha começado como alguém que recebia para prestar pequenos serviços, ir buscar roupas no tintureiro, pregar botões, mas depois foi ficando para o café com bolo. Havia uma jovem prostituta italiana, ou seria portuguesa, vendedora de entrada de cinema — que com seu amante casado era convidada a jantares a três. Quando Marlene Dietrich, na sua turnê mundial para encerrar a carreira, a que todo ator e músico famoso é reduzido nos anos de declínio, veio à África, sua irmã berlinense, que idolatrava a voz singular e as pernas incomparáveis, levou a família para assistir a uma apresentação. A família viu apenas mais uma velha senhora no palco, mas a avó, com a mesma boca mal pintada de vermelho da artista, saltou para aplaudi-la com emoção, como eles faziam com as aparições ao vivo de estrelas pop. Porém, o amor de Grete pelas celebridades não pertencia ao passado. A adrenalina corria até mesmo para heróis atuais do esporte, no país de adoção, e certas figuras políticas, por exemplo o general Jan Smuts, como ocorrera com Walter Rathenay. A vovó é uma *groupie*. Assim como há *playboys*, ela tem de ser aceita por ela mesma, uma *playgirl*.

O que foi banido foi muito; bem diferente. O que não rendesse uma boa história para divertir, que não viesse da jovialidade despreocupada, não era aceito para a comunicação. Eram estrangeiros à sua natureza. Embora tivessem vivido acontecimentos devastadores lá, ela e o filho nunca falaram disso um com o outro, durante toda a vida, nem, para alívio mútuo, fizeram confissões privadas a terceiros; evidentemente, ela exigia que essa sua prática fosse respeitada por ele. O pai, marido dela, morrera aos cinquenta anos, quando o garoto estava com doze. Pelo visto, ela não sentia necessidade de voltar para o que a perda significara para eles, juntos e de maneiras diversas. O filho soube mais tarde, acidentalmente, que o pai tinha um caso com uma intelectual, uma mulher do círculo íntimo deles, que só terminou quando ele ficou doente e morreu. A mãe já sabia; mas a única referência a isso estava em que às vezes, descrevendo as presenças lembradas de ocasiões esplêndidas, mencionava maliciosamente pelo nome a figura costumeira da mulher que, acrescentava, a irmã e ela chamavam de *"Die Bärin"*, a ursa fêmea masculamente peluda.

A mãe se casou de novo quando ele tinha dezoito anos e seu irmão já morava em Hamburgo, em sua primeira fase de uma peripatética carreira com as mulheres. O novo marido era um cirurgião em voga, com o crédito de renomada habilidade e uma cátedra na universidade. Devia ser um dos convidados aos jantares e ceias à meia-noite que a vivaz e rica viúva continuou oferecendo depois da morte do marido. Edgar era um partidão, quase uma celebridade, seu bisturi restaurava a saúde de cantores de ópera e ele contribuía com indiscrições picantes sobre alguns de seus pacientes — ah, Richard Tauber alcança aquelas doces notas altas porque tem só um testículo.

Arnulf (mas para a mãe ele seria sempre "Arnie") encontrou uma espécie de amizade íntima de irmão mais velho no marido substituto, ainda que não exatamente um pai substituto; o biológico sumira na infância e, nos seis anos seguintes da adolescência, ele foi construindo uma espécie de andaime para estruturar os processos da vida adulta deixados para trás. Quem sabe como companheiro do sexo masculino, só que sem autoridade, Eddie fosse um aliado no trio sociável que faziam com a mãe caprichosa. Havia consolo nas relações familiares pouco convencionais que, inconscientemente, estavam de acordo com as certezas mutantes sendo afirmadas pela oratória acervejada de

Munique. Se acaso essa voz foi ignorada pelo feliz casal, o filho mais novo tinha cada vez mais consciência de que os professores da universidade o estavam preparando para uma vida que não existia mais. Que seria substituída por colegas usando a suástica em vez da insígnia em seus bonés, que o surraram quando pendeu para uma espécie de futuro alternativo e se aliou à associação de estudantes socialistas. O ano em que se formou como Doutor em Filosofia foi o ano da queima de livros. Completou o ciclo, até então, para a idade adulta casando-se e assumindo a autoridade de incentivar a família a sair do país natal. Eddie discordou. Estavam assimilados, tinham bons relacionamentos, ninguém tocaria neles. Arnie era jovem, esquerdista e, portanto, iludido. Alguns meses depois, o catedrático foi informado de que estava demitido do cargo na universidade e de que sua clínica privada só poderia tratar de sua própria raça, os judeus. Ele se matou com um tiro.

Edgar foi o cirurgião deixado para trás com uma bala na cabeça. Com um Dom Pérignon depois da ópera, no dia em que Richard Tauber cantou; Eddie sussurrando indiscrições médicas tantalizantes a pessoas que reprimiam a risada. No quarto de pensão do qual o filho queria salvá-la, e que ela defendia dizendo ser aconchegante, ocupava-se, tarde da noite, em anotar na sua agenda a aguardada comemoração de aniversário de casamento, a data combinada com um de seus acompanhantes para ver um musical, o endereço do clube noturno que, conforme se dizia, era o lugar para se ir, o dia na próxima semana em que iria tomar um café com uma amiga necessitando de um pouco de ânimo, o marido acabara de deixá-la pela mulher de seu parceiro de golfe. Incorrigível cabeça oca encantadora, exasperante na sua loucura inocente. O filho dava de ombros, nem um único pensamento sério naquela querida cabeça; ela sempre fora assim. O filho sério, ele mesmo, passara quatro anos no Exército Aliado, acertando as contas com os nazistas.

Uma avó que nunca vai crescer.

A vida: uma pilha de fantasias numa arca de pirata. Nenhum número tatuado no braço, não. Nenhuma última viagem num vagão de gado.

Quem, entre adultos responsáveis, criados a distância, encontrara um amante-cum-marido sentado na sala do consultório com uma bala de revólver na cabeça, colocando finalmente um ponto-final no médico-só-para-judeus. Quem abriu um guarda-chuva contra o Campo de Concentração de Sébikholna como se para se resguardar de uma chuva passageira.

E qual é o significado disso?

O passado é um país estrangeiro.

Proibida a entrada.

O passado é um país estrangeiro...
L. P. Hartley, *O mensageiro*

Gregor

Qualquer leitor sabe que tudo que se leu tem influência na vida. Por "leitor" eu quero dizer alguém daquela época em que a pessoa começou por si só a entender a palavra impressa nas histórias lidas na hora de dormir. (Outra presunção: você se tornou leitor antes que a história na hora de dormir se transformasse na meia hora em frente à televisão.) A adolescência é o período crucial em que o poeta e o escritor de ficção intervêm na formação do sentido do *eu*, na relação sexual com os outros, sugerindo — de forma excitante, às vezes amedrontante — que aquilo que a autoridade adulta disse, ou deu a entender ser a ordem de tais relações, nem sempre o é. Voltando aos Anos 1940, eles me fizeram entender que: primeiro, você vai conhecer um homem, depois ambos vão se apaixonar e vocês vão se casar; há uma ordem de emoções que vem junto com esse processo empacotado. É isso que o amor *é*.

Para mim, quem veio primeiro foi Marcel Proust. O estranho mas inelutável desconforto do angustiado amor de Charles Swann por uma mulher que não era seu tipo (e isso não por falha dela, Swann se apaixonou por ela como ela era, certo?); o ciúme do Narrador acompanhando atormentado o rastro das evasões de Albertine.

Varrido foi o confete. Eu agora nutro expectativas diferentes do que a experiência pode ter de assumir. Meu aprendizado do amor sexual mudou; para sempre. Goste você ou não, é isso que o amor *é*. Terrível. Glorioso.

Mas o que acontece se algo de uma ficção não se interioriza e, em vez disso, se materializa? Assume uma existência independente?

Acabou de acontecer comigo. Todo ano releio alguns dos livros que não quero morrer sem ter lido de novo. Este ano, um deles é *Diários* de Kafka, e já estou na metade. É leitura noturna de um tipo maravilhosamente penoso.

Algumas manhãs atrás, quando me sentei diante desta máquina de escrever, como faço agora, sem esperar pelo *duende* de Lorca e pondo mãos à obra, vi, debaixo da estreita faixa da janela que mostra eletronicamente as palavras assim que eu as datilografo, uma barata. Uma barata pequena, do tamanho e na forma de barata da unha do meu dedo médio — mão de tamanho médio. Dizer que eu não acreditei é afirmação mais que branda. Porém, meu pensamento imediato foi prático: ela estava indubitavelmente ali e como teria entrado. Bati no vidro abaixo de onde ela aparecia. Ela confirmou sua existência não com movimentos do corpo, mas oscilando para cá e para lá os dois bigodes, antenas tão finas e pálidas que eu nem havia reparado nelas.

Comecei então a erguer todas as partes acessíveis da máquina, mas a tira de vidro não o era. Consultei o Manual do Usuário; ele não reconhecia a eventualidade de uma barata penetrar no refúgio lacrado feito apenas para palavras. Não encontrei uma passagem por onde a coisa pudesse ter entrado, no entanto refleti que, se ela tinha entrado, costas brilhantes cor de bolota de castanha, antenas finas, poderia sair de novo, à vontade. Dela ou minha. Bati outra vez por cima do vidro e ela andou de lado — o que significava que estava espremida debaixo daquele teto — até o limite máximo do espaço disponível. O que também revelou pernas pretas, tortas feito marcas de pontuação. Liguei para uma amiga e ela reagiu com simplicidade: Isso é impossível. Não pode ser.

Mas *era*. Tenho um vizinho, um jovem arquiteto, que eu sempre vejo deitado no chão, debaixo do chassi, consertando o carro nos fins de semana; não havia o que fazer senão esperar até quando ele estivesse de volta, naquela noite. Ele é um pau-para-toda-obra que consegue abrir qualquer coisa. O que fazer nesse meio-tempo? Partir de onde eu havia parado. Enviar palavras para enfileirar sombras através do corpo. Na verdade, o incômodo quem sabe levasse o intruso a procurar de algum jeito uma forma de sair.

Estou acostumada a ficar sozinha quando trabalho. E era impossível não ver que eu não estava; havia alguma coisa *não me olhando* deliberadamente — quer dizer, eu não conseguia ver seus olhos —, mas, intimamente envolvida no processo pelo qual a imaginação encontra registro, se torna manifesta.

Foi então que recebi, de uma forma que nunca antes tinha escutado: Não pode ser.

Noite após noite eu vinha lendo os diários de Franz Kafka, o subconsciente de seus romances que Max Brod se recusou a destruir. E lá está tudo que há, a gênese secreta da criação. O subconsciente de Kafka todas as noites me conduzia da consciência até o inconsciente do sono.

Por acaso eu *provocara* aquela criatura.

Haverá outro tipo de metamorfose, você não acorda e se pega transformado numa outra espécie, contorcendo-se no dorso marrom-claro brilhante e sentindo o espaço com sensores peludos, mas imagina tal ser, que pode criar, independentemente de qualquer hospedeiro, uma gênese física; ou será possível a imaginação convocar um ser vivo como esse a sair da madeira e se manifestar?

Quanta bobagem. Existe sem dúvida o número usual de pragas domésticas vivendo clandestinamente entre e sendo alimentadas pelo que houver para ser mastigado nas pilhas de papéis e recortes de jornal. Quem mais come as letras douradas das capas dos livros? Na manhã seguinte ele/ela/aquilo continuava lá, não era nenhum ectoplasma da minha imaginação, achatado sob o vidro e se mexendo, com longos intervalos de imobilidade, um pouquinho para os lados ou na vertical, à medida que a máquina esquentava com o uso.

Meu vizinho viera e examinara a situação, ou melhor, a de Gregor — acabei pensando na criatura desse jeito, tudo bem. O jovem arquiteto achou que as várias ferramentas de que dispunha eram desajeitadas demais para a *finesse* italiana embutida na feitura da máquina. Tentaria emprestar ferramentas de joalheiro. Passaram-se mais dois dias e eu continuei não sozinha enquanto escrevia. De início, eu queria que a coisa lá dentro morresse; como é que poderia viver sem água, comida — e ar. Como o visor parecia hermeticamente fechado, será que qualquer oxigênio preso lá dentro não se extinguiria. Mesmo um besouro, uma barata, o que for, deve ter pulmão. Depois comecei a desejar que fosse solto com vida, um sobrevivente milagroso, exemplo da vontade de viver evidenciada para além de seu tamanho humilde e seu status na cadeia da vida. Eu me vi recebendo-a do libertador e soltando-a em alguma folha do jardim. Entrei em contato com o lugar onde eu tinha comprado a máquina de escrever, dois anos antes, para pedir a visita de um especialista e me informaram que não consertavam mais máquinas obsoletas, que só lidavam com computadores.

Ele, minha criatura, não morreu; quando eu parava um instante para percebê-lo, ali sob minhas palavras, e ele lá, absolutamente imóvel, eu pensava, ele se foi; aquele outro sentido de "foi" sempre presente. Então a antena sobrevivente balançava, a outra se quebrara, sem dúvida durante os pacientes esforços para achar a saída secreta pela qual entrara. Havia momentos em que ele se escondia — eu o tinha visto se esgueirando para o que devia ser um fiapo de espaço abaixo de onde a janela de vidro se juntava à caixa. Ou eu levantava a vista: não, não ali; e então ele aparecia de novo. Meu jovem vizinho havia me prevenido, espero que não ponha ovos aí dentro, mas eu pensava no prisioneiro como macho — talvez só por ser mulher, presumindo-se o parceiro convencional que tive, em situações íntimas enfrentadas juntos. Na sexta-feira à noite, voltei ao meu escritório para pegar um livro, acendi a luz e lá estava ele, subindo sua polegada de espaço vertical e depois parado, frustrado com o que pelo visto esquecera, o caminho por onde entrara, o caminho por onde poderia sair, não encontrado. Ele parecia mais escuro, achatado, dorso de besouro negro brilhante, mas isso por causa da luz.

No sábado, manhã alta, meu jovem vizinho chegou com ferramentas alemãs de precisão dispostas numa pasta de joalheiro forrada de veludo. O inquilino do visor não estava à vista; bater no vidro não o trouxe de seu esconderijo costumeiro nos interstícios abaixo do nível do vidro. Meu vizinho estudou mais informadamente os componentes da máquina de escrever em italiano, alemão, francês, japonês e inglês no Manual do Usuário, e se pôs a trabalhar. Aos poucos, a máquina foi se desmantelando, resistindo a cada porca e parafuso, com a rigidez do plástico ameaçando partir. Por fim, lá estava a câmara interna, o visor de vidro. Ele não quis ceder; o morador não apareceu apesar da comoção. Interrompemos as operações; teria ele achado seu egresso, saído de lá; por outro lado, poderia estar na caverna da máquina exposta. Sinal nenhum. Meu vizinho não admitia ser vencido pela engenhosidade da engenharia italiana; tentou essa minúscula ferramenta, depois aquela, conseguiu desatarraxar o mais diminuto dos parafusos e soltar grampos intrincados. Com um último apertão do polegar, o vidro se levantou. A rasa cavidade por baixo dele, que tinha o comprimento da máquina, estava vazia. Onde estaria aquele que sobrevivera ali dentro por cinco dias? Teria conseguido se libertar e estaria nos observando por entre papéis e recortes de jornal, em vez de uma folha do jardim. Continuamos dando busca nas entranhas da máquina de escrever. Nenhum sinal. Então passei o dedo pelo espaço estreito onde ele com certeza esteve, existiu, certo, e notei uma mudança na superfície da pele. Olhei mais de perto e lá estava ele.

Na sua própria pira. De algum modo, ele se consumiu a si mesmo.

Uma pitada de pó. Um segmento de uma perna preta, hieróglifo a ser decodificado.

Procedimentos de segurança

Lorrie não queria que eu fosse, mas ficou sem graça de dizer. Meu trabalho nos obriga a viver em diversas partes do mundo e, em cada uma delas, há algo a temer. Gângsteres, grupos políticos de extrema-direita ou de extrema-esquerda jogando bombas em restaurantes, sequestros, assaltos, uma cidade bem no centro da linha de uma falha geológica. Já faz tempo que temos na família um trato em relação à vida: ela é perigosa. Vivemos com isso; na única certeza de que o medo é o verdadeiro assassino. Nunca fomos de colocar grades nas portas ou de temermos andar nas ruas. Conseguimos manter livres nossos filhos; com as devidas precauções sensatas. Porém nesses últimos meses houve tantos desastres aéreos não explicados — erro do piloto, controle dos radares afetado por greves do pessoal de terra, possibilidade de um companheiro de viagem estar com a espada de Dâmocles pendurada não sobre a cabeça, e sim na sola das botas cheias de explosivos. Quem é que tem a derradeira Caixa-Preta e sabe de fato o que ocorreu. E não faz nem uma semana, duas pessoas mortas a tiros enquanto estavam na fila para se registrar no balcão de uma companhia aérea. Em geral, fazemos amor antes de eu partir, beijo as crianças pela manhã, e todos nós aceitamos naturalmente que vamos nos falar ao telefone assim que eu puder usar meu celular no terminal de chegada — ou pelo menos com Lorrie, ainda que seja de noite para ela e de dia para mim. Faz parte da rotina tanto quanto eu ir para meu escritório na empresa todos os dias.

— Por que você deixou a Isa escolher essa companhia? —

Lorrie sabe que minha secretária organiza meus horários com absoluta eficiência. — Por que não? É óbvio. É a melhor companhia aérea para me levar aonde eu tenho de ir. —

— Mas o país ao qual ela pertence. Em algum conflito entre eles todos... Nos nossos tempos. —

— Pelo amor de Deus, você sabe como são os procedimentos de segurança *hoje em dia*. De todo modo, o país ao qual a companhia aérea pertence não está em nenhum atrito com Índia, Paquistão, Israel, Palestina — o que seja. Desde quando cedemos ao medo de voar, minha querida. — Citando (se bem me lembro) o título de um livro que lemos no passado.

— Sem conexão que você — que nós — saibamos. —

Só que ela ouviu o que eu estava dizendo de fato: desde quando temos essa cena convencional de mulherzinha chata quando o marido viaja a negócios, desde quando nos acovardamos, você e eu, diante da vida como ela é.

E então ela diz algo naquele jeito seu (que é parte do que me faz amá-la) que joga fora minha inferência condescendente às firulas conjugais.

— Você não sabe de quem você é inimigo.

— Que história é essa? Eu não sou inimigo de ninguém.

— Ao subir num avião, você se torna um. Tem a insígnia da companhia aérea pintada na cauda. O logo de nacionalidade.

Abracei-a rapidamente, em reconhecimento a sua inteligên-

61

cia excêntrica, e ri. Nossa proximidade levou-a a sorrir e passar por cima da questão. Sem sufoco. Esse é nosso jeito. O motorista da empresa veio me apanhar e me deixou no aeroporto.

A excelente e jovem Isa havia reservado meu lugar predileto na classe executiva (a empresa resolveu ser politicamente correta em termos globais, chega de passagens de primeira classe, um gasto inútil), um assento na janela, mais para o lado de trás só que longe dos banheiros e da cozinha — gente demais enfileirada para fazer xixi e muita conversa dos comissários.

Havia um longo voo pela frente, com as horas escorregando para trás o tempo todo. Nessas viagens, mantenho o horário de casa, não mudo meu relógio até chegar ao tempo conforme medido no país de destino. Pergunto-me quantas horas de vida perdi — quem sabe ganhei? — nessas muitas viagens de um lado a outro das linhas internacionais de data.

Digo às pessoas que eu realmente gosto de trabalhar em avião, tirar meu laptop e me preparar para as reuniões e decisões que me esperam, num isolamento produtivo entre estranhos. Não é sempre que há algum conhecido no mesmo voo, e, se acaso houver, não quero nenhuma mudança de lugar para me sentar ao lado do conhecido. Claro que, nos últimos anos, tem havido a distração das televisões individuais que vêm com cada assento, e invariavelmente meu vizinho anônimo vai ficar com a coisa ligada, piscando em minha visão periférica, se bem que, graças a Deus, o som passe diretamente aos ouvidos do indivíduo e poupe os meus. A verdade — não, o fato — verdade é um termo importante demais para ser usado numa mentirinha tão trivialmente emproada — é que não demora muito para eu desligar o monitor das minhas fainas, o laptop, lutar alguns minutos para dobrar as páginas dos jornais oferecidos (por que não existem edições em formato tabloide do *New York Times*, *Herald Tribune*, *Figaro*, *Frankfurter Allgemeine*, *Corriere della Sera* etc. para distribuição nos aviões), para olhar — mesmerizado — o que há lá fora. A janela: nada. Certo. O vazio que, do chão, é chamado de céu. Entremeado alguns momentos por intumescidos rebanhos e castelos de nuvens, rabiscado de lado a lado por uma trilha de vapor se dissipando, um arco-íris a giz desenhado por outro avião que não se acha visível. Em outros momentos, transformado num limitado elemento cinza-esbranquiçado sem latitude, longitude ou substância, feito uma cegueira que desce sobre os olhos. Talvez o que esteja querendo dizer é que eu meio que cochilei, existe uma forma intermediária de consciência que não é experimentada em lugar nenhum a não ser aqui no alto. Sem nada. A aconchegante voz da cabina de comando não para de recomendar a seus protegidos que sentem confortavelmente e relaxem. Mas esse estado não é relaxamento, é outra forma de ser que eu assumo por um tempo e que nunca contei a ninguém, nem mesmo a Lorrie (especialmente, talvez, não a Lorrie, com o casamento é possível que você se abra demais).

Nada. Lá em cima, lá fora, eu não tenho em mim amor, sexo, mulher, filhos, casa e cargo executivo. Não tenho uma cidade estrangeira me esperando com decisões e diretores internacionais. Por que nenhum artista — nem mesmo os abstratos — jamais pintou esse estado que só ficou disponível depois da invenção do avião de passageiros? A mirada. Liberdade.

Nessa viagem tenho a meu lado — reparei só quando o carrinho de bebidas parou na nossa fileira — uma senhora de meia-idade que é evidentemente esbelta, que não extravasa, que não rouba o espaço do descanso de braço que há entre nós, o que já é algo a seu favor. Trocamos um "boa-tarde" e só. Ela é bonita (vi quando seu rosto se virou para mim, no breve cumprimento) de um jeito impessoal, sem nenhuma tentativa de projetar seus vestígios cinquentões de beleza, como se o rosto fosse algo que se assume como se assume um guarda-chuva. Tenho mui-

63

to medo, em meus numerosos voos longos, que haja alguém no assento vizinho que queira conversar e que se entregue a um monólogo, caso eu não responda. Essa mulher, pelo visto, queria tanta conversa quanto eu. Também não ligou sua televisão. Após o jantar ter sido servido, vi que ela se debruçou e pegou um livro da maleta de mão.

Imagino que tenha sido a comida, o vinho. Voltei ao laptop, à presença dentro de mim da voz e do corpo de minha mulher, às mãos de meus filhos sobre mim, à sala de reuniões, às expressões conhecidas nos rostos e às questões que iria enfrentar. Nada. Substituídos pelo amanhã.

Enquanto trabalhava no meu computador e o tempo se perdia na passagem, o avião começou a tremer. A luz do cinto de segurança se acendeu. Turbulência, esperamos saltar por sobre ela, assegurou-nos macia a voz da cabina de comando. Porém minha janela ficou negra — era de tarde, não noite —, o negro inchado de uma imensa floresta tempestuosa. Do nada: esse era o outro poder, como a oposição do Mal contra o Bem que as religiões nos dizem existir no mundo. Eu estava decidido a ignorar o que acabou se transformando em safanões e vácuos, em bateção de cadeados acima de nossas cabeças, em colisão de carrinhos, em copos derrubados. Tentei me concentrar na tela do laptop, que sacudia em meus joelhos, no entanto os olhos se recusaram a funcionar. Enquanto eu dava um jeito de guardar o laptop na bolsa do assento da frente, vi a mulher a meu lado fechar o livro. Num violento tranco da estrutura enfurecida que nos cercava, o livro saltou do colo dela para o chão. Vi quando ele deslizou para o corredor, onde se juntou ao sapato de alguém que o havia tirado, como fazemos todos, em viagens longas, para ter conforto. Agora a voz da cabina de comando mandou todos ficarem sentados, proibidos de andar pelo avião, todos com o cinto afivelado. *Para sua própria segurança.*

Já resisti (esse velho clichê) a alguns lances de "turbulência" nas centenas de voos aos quais sobrevivi. Mas, que eu me lembre, nunca houve nada parecido com isso. Lorrie tinha medo por mim: um sequestro. Esse era um sequestro feito pelos elementos. Qualquer que fosse a força que se apossara de nós, ela não abriria mão, não havia como escapar, não adiantava subir ou descer o avião. Vieram ruídos de coisas quebrando na cozinha. Dois comissários se chocaram e um deles caiu em cima da cabeça de um passageiro. As ordens da cabina de comando se transformaram num aranzel. No assento atrás de onde estávamos presos, enjaulados, a mulher e eu, alguém tinha ondas de ânsia e vomitava em gorgolejos. O avião caiu como se sob uma imensa pancada e depois ricocheteou para um lado e para o outro. Queria se ver livre de nós, de nossos laptops, de nossos fones de ouvido, de nossas compras na *duty-free shop*, das cavernas pesadas de malas carregadas mundo afora como se nossas vidas dependessem do conteúdo delas.

Nossas vidas.

A voz na cabina de comando se fez ouvir através de amplificadores danificados, o capitão iria tentar uma aterrissagem de emergência num campo de pouso militar cujo nome reconheci como sinal de que o vento nos havia desviado do curso normal. Uma mulher gritava, ouviam-se soluços e vozes clamando ajuda — de quem, onde? — rezando — a quem, para quê? Meu coração batia desenfreado com o mesmo medo de Lorrie: agora meu. De repente me dei conta de que, enquanto todos ali apelavam com a solidariedade do terror humano para todo mundo, a mulher a meu lado e eu não tínhamos olhado um para o outro, não tínhamos nos falado. De modo que me virei para ela.

Incrível.

Ela estava sentada calmamente, com uma mão pousada de leve sobre a outra, sem agarrar nada — o assento, os braços da poltrona, qualquer coisa —, assim como eu. Deixava que a fúria do avião a esbofeteasse, os lábios em repouso, sem a careta do medo animal que havia no rosto dos outros. Ela piscou os calmos olhos abertos para admitir minha presença, essa criatura desconhecida que morreria a meu lado, na intimidade. Minha última mulher. Aí ela se virou diretamente para mim e ouvi de novo a voz que falara só uma vez, duas palavras. Boa tarde.

— Está tudo bem. O avião vai conseguir pousar. Você está a salvo. Todos nós estamos. —

Eu não sabia se ela era incrivelmente corajosa, se fora enganada por alguma fé religiosa ou se era louca.

Ela falou de novo, a cabeça resistindo aos ferozes puxões para separá-la do corpo. — Não vai acontecer nada. Porque eu estou a bordo. Nesse último ano, devo dizer que tentei três vezes, de três diferentes maneiras, acabar com a minha vida. Falhei. Para mim, não há saída. Pelo visto parece que não posso morrer, nenhum voo em que eu esteja mata. —

A ordem veio da cabina de comando, para que todos nos puséssemos na posição de aterragem de emergência, cabeça baixada sobre os joelhos. O avião bateu no solo como se fosse arrebentar a rocha do mundo. Descemos de maneira até que ordenada — os desesperados para viver passando por cima de mulheres-e-crianças-primeiro, eu refreando os instintos — por escorregadores desenrolados nas laterais do avião. Estandartes de chamas enfurnados atrás, enquanto corríamos. Na confusão, não vi se a mulher estava entre nós, os salvos, todos nós.

Estou certo que sim.

Língua materna

Mas é tudo puro acaso — de que outra maneira poderia tê-lo encontrado? Conheço a história.

Eles se apaixonaram no país dela. Encontraram-se lá.

O táxi em que ele estava derrapou e bateu no carro dela. Chovia do jeito como na Europa chove no inverno, e o motorista do táxi saltou enfurecido do veículo, abordando-a pela janela e despejando água como se estivesse se dissolvendo em raiva. O passageiro interveio, isentando a moça e dizendo que o responsável era o tempo. Os danos ao táxi e ao carro eram mínimos; nomes, endereços e números de telefone foram trocados para o pedido de ressarcimento do seguro. — Um bafafá por nada. — Disse isso como se fosse algo que ele e ela, em suas categorias de cliente de táxi e proprietária de carro, pudessem avaliar à vista do nível de indignação do paquistanês, ou qualquer que fosse a nacionalidade do motorista do táxi. O passageiro falava em inglês, sua língua materna, mas viu, através do borrão de chuva, o acenar incerto da cabeça de alguém que ouviu mas não entendeu direito. Ele não conhecia uma expressão mais coloquial para traduzir para o alemão sua breve chacota.

Como ele se encontrou com ela tem a ver com um documento que precisava assinar, na qualidade de testemunha; impossível ter sido uma chance de ir atrás de um rosto bonito o que o atraiu, afinal a chuva a deixara toda manchada, como no reflexo de um espelho embaçado. Assim foi que se encontraram de novo, com um papel para ser assinado, num café perto do escritório de advocacia onde ela trabalhava. Claro que continuava chovendo, e ele usou o vocabulário atamancado que tinha da língua do país para conversar com ela, comentando que não existiam dias assim, com chuva o dia todo, no lugar de onde ele vinha; e assim ela ficou sabendo: da África. *África do Sul. Mandela.* As sinapses e os neurônios fazem a conexão identificadora no mapa de toda mente europeia. Sim, ele tinha aprendido algumas coisas da língua dela, se bem que o curso que fizera não se mostrou muito útil ao chegar a um lugar onde todos falavam a língua o tempo todo, só que não no estilo e sotaque de um livro de frases. Riram juntos do jeito como *ele* falava, um reconhecimento mútuo mais próximo com a estrutura de carne e osso, pele fresca e luminosa, olhos profundos porém francos diante dele, em vez da imagem de um espelho embaçado. Cabelos loiros — realmente loiros, dava para saber pela experiência que tinha e por sua predileção por tipos nórdicos, genuínos ou quimicamente tratados (uma vez nuas, de todo modo, elas se mostravam descuidadas com sua categoria natural). Ela sabia muito pouco da língua dele, poucas palavras lembradas, aprendidas na escola. Mas as outras formas de reconhecimento estabeleciam uma comunicação entre eles. Começaram a se ver todos os dias; ela recebia as ligações dele no celular, levava para o corredor que dava no banheiro feminino, fora do alcance dos curiosos do escritório de advocacia. Lá, entre pias e cubículos de privada, os encontros eram decididos.

Ele trabalhava numa agência internacional de propaganda de vastos tentáculos e fora enviado ao país dela em razão de mais um tipo de reconhecimento: o do diretor, de sua inteligência, adaptabilidade e aceitação otimista da necessidade de aprender a língua do país para o qual seria mandado como um dos coordenadores do fabuloso conglomerado de agências (global, como dizem eles). Ele não era redator nem desenhista, era um executivo que, conforme contou a ela, tinha muitos amigos e contatos da mesma idade, em diferentes empresas, e poderia — já que estavam todos em busca disso — avançar para alguma outra participação nas oportunidades do mundo. Com isso quis dizer a dele e a dela, ambos jovens. Embora estivessem geograficamente longe um do outro, ele via aquele mundo deles rodando em volta de tecnologias, como a Terra gira em torno do Sol.

Ela dividia um apartamento com uma amiga; a primeira vez em que fizeram amor foi no apartamento dele, onde morava sozinho desde que se mudara para a Alemanha, fazia alguns meses. Tivera sua cota de casos no país de origem — certamente que sim, tendo em vista a fisionomia serena, confiante, bonita, a esguia exuberância sexual de seu corpo e sua mente veloz; por uma falta de e-mails e ligações telefônicas, o caso com alguém lá no fim do mundo fracassou. A moça encontrada por acaso provavelmente já tinha tido algumas experiências. Ela falava de um "namorado" que emigrara para algum lugar. Claro que ela podia apenas ter sido discreta e, uma vez entregues aos suntuosos espasmos do amor, o que acontecera antes não tinha importância. A carne da moça não era abundante, mas tinha um jeito alerta de reagir — descoberta surpreendente. Ele imaginava as mulheres alemãs divididas em pesadas, atléticas ou gordas.

Porém foi sua ternura com ele, a amorosi*dade* na sexualidade, que fez esse caso estrangeiro diferente dos outros, de tal modo que — supunha que era a isso que chamavam de se apaixonar — se casaram. Apaixonados. Passaram aquele teste. Um estranho passo na vida, muito longe do que era esperado entre amigos e família. Entretanto, os poderosos países europeus estão acostumados a todo tipo de invasão, tanto beligerante quanto pacífica, e esse estrangeiro, que entrara legalmente, representava grandes negócios e era prova individual de que o mundo aceitara o arrependimento alemão em relação ao passado. Ele foi recebido de maneira adequada, quando ela o levou para conhecer a família, e foi tido como novidade bem-vinda entre seus amigos. Naquela companhia agradável, acabou ficando cada vez mais fluente no vaivém da língua. E, claro, era a língua do romance e do casamento, celebrado no verdadeiro estilo alemão, uma festa tradicional que o círculo de amigos, embora já vivendo de um jeito bem mais informal, se deleitou em animar em torno da noiva coberta de véus e do noivo de terno e gravata. A dele era uma personalidade e uma proficiência em mudanças que, nos meses que ainda ficaram por lá, fez da Alemanha uma espécie de dele-e-dela.

Ela sabia, quando começou a se apaixonar por esse homem, que a condição seria ter de viver num outro país. Um país que ela nunca vira, cujo solo nunca tocara, onde nunca tinha sentido o vento e o sol, a chuva, nem escutado o falar de seus habitantes, a não ser através dele, no toque de sua pele, no som de sua voz; um país desenhado por suas palavras. O amor vai onde o amado tem de ir. A perspectiva de ir para a África com ele: os amigos viam que ela estava — pela primeira vez, já que tinham crescido todos juntos — exaltada. Na verdade, a antecipação se manifestava no realce do brilho do rosto bonito e na ansiedade dos olhos preparados para tudo. Ela parou de enxergar a fachada Bauhaus do prédio onde ficava o escritório de advocacia, a conhecida torre da antiga igreja que conseguiu sobreviver aos bombardeios da guerra dos pais, a cervejaria onde se sentia entre amigos. Os pais dela: quais foram mesmo as palavras na cerimônia de casamento na igreja? Uma antiga injunção bíblica, juntamente com tantos outros bons preceitos que ela aprendera na escola dominical luterana para onde fora mandada quando criança. "Deixará pai e mãe para se unir só..." Algo parecido. A despedida emotiva dos pais, passando dos braços de um para o outro, cada um deles ciumento pelo último abraço da filha, não foi uma despedida e sim a chegada aos braços do homem amado.

Estavam na África. A África dele, agora definida em meio a todo um continente. Mais definida ainda: a cidade dele, lá. O mercado imobiliário, disseram os amigos que queriam colocá-lo a par do que acontecera enquanto ele "desaparecia de repente e surgia casado", tinha "despencado" e essa era a hora de fazer o que os homens casados fazem, deixar o apartamento de solteiro e comprar uma casa. De modo que passaram um mês apenas no apartamento dele que, para ela, era um quarto de hotel que um ocupante anterior vagara. Não conhecia nenhum dos objetos lá dentro que deviam ter sido pessoais para o homem que não conhecera morando lá. Examinou os livros, de vez em quando pegava esse ou aquele, como se estivesse numa biblioteca à procura de um assunto determinado, mas mesmo quando ele não estava, nunca tocou nas cartas que viu guardadas numa gaveta que abrira para procurar uma caneta para ficar à mão na unidade de escrivaninha, computador, fax e fotocopiadora. Quando compraram a casa e ele decidiu que a única mobília que valeria a pena levar com eles era a unidade de comunicação, jogou na lata de lixo o maço de cartas, juntamente com outros papéis, superados.

A casa que era nova para eles era, na verdade, uma casa

velha, do jeito como a idade é medida numa cidade fundada como acampamento de mineração cento e vinte anos antes. A geração dos pais dele era inteiramente favorável a aço e vidro, ou ao falso californiano-mexicano, ninguém queria morar em casas com balaustradas de madeira na varanda e lareiras a carvão. Para a geração dos filhos, as imitações de Frank Lloyd Wright e do estilo hispano-californiano eram simbólicas de gente procurando assumir uma identidade exterior àquela da qual não estavam bem certos. Mesmo que os dois não pensassem dessa forma a respeito do impulso de ficar mundanamente na moda, a guarida assumida era também refúgio, dentro de seu escolhido distanciamento dos lugares e do modo como os negros que os rodeavam em números bem maiores viviam: em barracos e cortiços. Jovens brancos no nível econômico da elite achavam as casas de pé-direito alto e telha de zinco mais interessantes, do ponto de vista da construção, espaçosas e aptas a aceitar adaptações a formas de vida abertas ao inesperado. Estavam todos fazendo isso; consertando casas velhas. Os negros também, profissionais liberais, gente dos meios de comunicação e funcionários públicos, no que era denominado dispensação — termo cívico para aquilo que se costumava chamar de liberdade. As casas não tinham muitos banheiros, mas isso era fácil de instalar, assim como a cozinha, na casa que ele comprou, imediatamente reformada e equipada com o que ela sabia — a exemplo da cozinha-modelo da mãe na Alemanha — ser essencial.

Lar. Um dele-e-dela de verdade. Os amigos apareceram para ajudá-lo a desbastar árvores muito grandes, ela gelava as cervejas e fazia aperitivos para essa camaradagem masculina. Plantou flores que nunca vira na vida, que não davam no lugar de onde ela era. Ainda não tinha encontrado trabalho — mas isso não era urgente, de todo modo, sua participação na criação da casa foi uma ocupação nova e satisfatória, como qualquer coisa a serviço da devoção é, centrada na cama grande onde faziam amor. Houve sugestões de que poderia arranjar um trabalho de meio período no Instituto Goethe. Porém ela não queria ficar falando alemão — o inglês era sua língua, agora. Ela foi apresentada e mergulhou fundo no círculo dele. Falava pouco, embora em seu próprio país, na roda onde ele abrira espaço com tamanha facilidade, fosse bastante animada. Ali, ela ouvia; parecia ser seu lugar. Sentia-se feliz de ver que estava entendendo tudo o que se dizia na língua dele, ainda que não pudesse usá-la com confiança suficiente para se fazer ouvir.

As festas eram muitas. Mesmo que não houvesse nenhuma ocasião especial, os amigos dele, negros e brancos, se juntavam no apartamento de um ou de outro, numa casa ou no bar, como se fossem agentes polinizadores de vida.

Num terraço, o sol poente envia pálidos feixes de luz que roçam em dosséis de nuvens aqui e acolá, a escuridão parece subir da relva úmida à medida que a bebida desperta a animação entre os amigos. Ela lhe pediu para parar o carro no caminho, onde havia um vendedor de flores numa esquina. — Para quê? Não é aniversário de ninguém, até onde eu saiba. — Ele se esquece de que essa é a regra no país dela, levar flores, ou chocolate — algum presente — para a festa. — Vinho teria sido uma ideia bem melhor, minha querida. — No fim, o anfitrião ou um dos anfitriões — era uma reunião ajustada entre vários amigos — joga o buquê de lírios sobre uma mesa onde logo serão empurrados por copos e cinzeiros.

Quando o casal chegou, ela se sentou ao lado dele. Nessas reuniões, os casados não ficam juntos, não é o procedimento correto, levar o aconchego doméstico para uma atmosfera de festa. Porém, ela ainda é nova no círculo, inocente dos protocolos, e ele gosta demais dela para lhe dizer que devia — bem, circular. É uma das mais bonitas ali: parece recém-colhida; ao passo que as flores que ela trouxe murcham. É mais jovem que a maioria das mulheres. Senta-se com a contradição de joelhos e pés meticulosamente alinhados e o adorável sopé dos seios à mostra, acima do decote do vestido esvoaçante. Talvez a diferença entre ela e as outras é que ela se arrumou primorosamente para homenageá-lo, e não para atrair outros homens.

Ele se levanta para cumprimentar alguém que acredita ter se esquecido dele — esteve fora, na Europa, um ano inteiro — e quando terminam o abraço apertado e uma imensa risada, volta para onde ela estava, mas, por acaso, nesse meio-tempo alguém foi chamado a sentar-se no lugar vago junto a sua esposa. Ele então puxou uma cadeira e a pôs do outro lado. Não desertou — é conversa a três. Sua recém-importada esposa já teve oportunidade de encontrar essa senhora em outra ocasião, dentro do círculo deles. Ela é bem atraente, não mais uma jovem mas ainda vibrante, espicaçando os presentes com as farpas de seus comentários, passando a mão pela plumagem estriada de ruivo como se por um interruptor, para se desesperançar de si mesma. As pessoas perdem o fio da meada do que estão falando para assistir ao espetáculo dela. Mais vinho é despejado nas taças enquanto todos se juntam para rir, exclamar. O marido é um dos alvos dessa senhora. Ele põe em dúvida a lembrança de um incidente ocorrido no círculo de conhecidos, contado por sua vizinha, com floreios em voz bem alta. Ao redor da esposa as referências vão e voltam, num jargão de grupo — toda roda tem isso, algo da experiência comum. Era a mesma coisa entre os amigos dela, em sua vida pregressa na Alemanha. Piadas que você não entende mesmo que conheça as palavras; que só entende se souber o que ou quem está na berlinda. Ela tampouco sabe as frases, as palavras afetuosas, condescendentes, que são o meio de expressão de gente que adapta e mistura línguas, exclamações, expressões idiomáticas numa espécie de inglês que não é usado por gente instruída como eles. Há tantas línguas no país que não são faladas pelos amigos, mas eles acham divertido trazer os sabores para sua própria língua, usando palavras ou expressões esquisitas; tão mais pé no chão, reivindicar uma identidade com o país como ele é, agora. Histórias sendo debatidas — interrupções aventadas de lá para cá, à medida que as vozes se amplificam entre copos sempre abastecidos.

...*então eles atiraram uma pedra nele*, certo? — o diretor do escritório, *nogal*...

... *Na sua cara*. É sempre ela... *Hai! Hamba kahle*...

... *Espantoso!* Alguma coisa a ver com um evento esportivo ou, então, uma sobremesa que alguém fez? Eles usavam a palavra em várias formas diferentes; ela procurou no dicionário, mas lá o significado era aquilo "que causa espanto, que causa medo, que assusta, que causa admiração por ser muito bom ou muito agradável". E há também formas de tratamento na roda que o pessoal emprestou de outros grupos, de outras situações e experiências que agora partilham. Alguém diz — *Chefe*, eu queria lhe perguntar uma coisa —, quando nem quem disse nem quem ouve, branco ou negro (porque é uma festa mista), é tribal — mas ela sabe o que o título representa, seja na Indonésia, na América Central, na África, em qualquer lugar que lhe vem à mente. Alguns se dirigiam uns aos outros como *My China*, meu chinês. Como ela iria saber que isso era sinal de companheirismo afetuoso, uma gíria rimada dos *cockneys* — "*My mate, my china plate*" — que de alguma forma fora apropriada durante o período dos acampamentos militares do *apartheid*.

Sorrir, silenciosa; estar ali com ele é suficiente.

A festa se torna uma disputa entre ele e a mulher sentada entre os dois. Cada um se lembra e insiste numa versão diferente do incidente.

— Você está confundindo com aquele tempo em que todo mundo trepava no mato! —

— Bom, quanto a *isso* podemos confiar em você —

— Escuta, escuta, escuta o que eu estou dizendo! — Ele bate com o braço em sua nuca, por baixo do cabelo que ela levantou, rindo com ênfase. Ela põe a mão na coxa dele: — *Você não escuta nunca* —

É uma luta livre de palavras que vêm do passado, com um quê de passado. A mão continua nele. Depois ele a pega, palma com palma, sacudindo-a para contradizer a zombaria dela, rindo pertinho de seu rosto e afogando as vozes dos outros. — U-U-U, você ainda usava *kort broek, My China!* Tigrão — lembra da Isabella naquele dia do esqui aquático? O Kama Sutra adverte contra brincadeiras debaixo da água —

— De jeito nenhum! E você ainda me vem falar a respeito — você que mergulhou atrás de vida marinha, *ek sê.* Nã-oo. *Kahle-kahle* fazia mais meu jeito! —

— E o que houve com aquela sua grande fantasia, qual era mesmo o lugar, Finlândia. Naquela Páscoa. Bom, por que não — qualquer coisa que você tenha feito é politicamente correta para mim, dizem que o túmulo é um lugar ótimo e privado, só que *oke* nenhum por lá se enlaça — Para os mais lidos entre os amigos, essa adaptação de Marvell foi ruidosamente apreciada.

Ela estava sozinha e riu — sem saber do quê. Continuava sentada ao lado da mulher e do marido abraçados, celebrando um ao outro, naquele jeito fácil dos que têm antigos laços de intimidade codificados em diálogos na língua materna, liberados pelo vinho e pelos bons momentos vividos por todos. Ela ria quando os outros riam. Depois sentava calada e ninguém reparava nela. É que ela não conhecia a língua.

Sua única língua materna era a dele dentro da sua boca, à noite.

Allesverloren

Falar com quem.

A dor é tediosa depois de um tempo, enfadonha até para os confidentes mais próximos. Para estes, depois de pouquíssimo tempo.

O longo momento continua. É como uma corda que não consegue dar a volta, que não sabe amarrar a resolução. Então falar com quem. Conversar.

Chega a ser impossível, ridículo: fale, então; sobre *isso*! Mas a quem. Ninguém sabia de nada. Não, é claro que tem de haver alguns amigos, entre aqueles que nos rodearam nesses anos todos, que sabiam, mas como ninguém tocou no assunto, nunca aconteceu.

Então, falar com quem. Necessário; trazê-lo de volta, montá-lo de novo, sua vida, que deve continuar a existir para que ele sobreviva. Falar.

Não tem ninguém.

O vento tremula sobre o plástico azul que cobre a pérgula da casa vizinha.

Vento com sol sobre o mar; venha, abandone esse elemento insano da busca e viaje para contemplar o oceano!

O vento abana a cabeça das árvores. Recado nenhum ali, para a sobrevivente.

Nada para evitá-lo. Só restou um.

Fornecer respostas a perguntas que nunca foram feitas, que nunca precisaram ser perguntadas na intimidade da carne e da mente que asseguravam, englobavam e transfiguravam tudo, todos os passados, no presente vivo? Respostas. Quer dizer que isso é o que a *compreensão*, o conformar-se com a perda, vai se tornar? Porque até agora compreensão não fez sentido. *Venha almoçar, venha ao teatro, compareça à reunião, assuma novos interesses, aí está seu trabalho, você é uma historiadora — pelo amor de Deus, é importante.* A dor está falando uma língua que não atinge ouvido nenhum, desenhando hieróglifos para os quais não há um código decifrado. "Nem esperança nem receio afetam o animal moribundo / O homem criou a morte." Todos temem a morte, mas ninguém admite o temor da dor; a revulsão a essa presença que existe em todos nós.

Pensar no assunto (sobre o Um) e não agir. As irritações triviais que são a única distração; por exemplo, não sobrou banana na fruteira, hoje — regressão à cura rápida de uma criança ansiando por comer algo de que ela gosta mais.

Ela, a sobrevivente, era divorciada quando conheceu o homem que seria dela, e assim o foi, seu homem, agora morto — há meses, já, um longo tempo, para além do curto tempo em que os outros falavam dele com ela. Ela tinha tido uns dois casos rápidos, no ínterim entre o divórcio e o casamento, e ele apenas um. Essa não era a diferença. Foi com um homem. Ele contara para ela como parte da intimidade, das confissões que vêm como alívio de um outro tipo de orgasmo abençoado, após as primeiras relações. Uma espécie de gratidão profunda que fará parte do amor pelo outro, se é que vai haver amor.

Havia amor e há amor, só que de um lado só; o recipiente recíproco se foi. Foi? Isso implica algum lugar. Não há algum lugar nessa morte que o homem inventou. Porque se o poeta tiver razão, se o homem inventou a morte, não existe uma invenção celestialmente fornecida de um pós-vida num paraíso todo mobiliado ou numa academia infernal equipada para tortura. O amado não foi a lugar nenhum. Está morto. Não está em parte alguma, a não ser na possibilidade de intimar de volta, de fazer uma reconvocação de todos os tempos, fases, lugares, emoções e ações do que ele era, de como vivia enquanto *era*. Quase metade daquela vida — sem contar a infância, claro — foi deles. O que veio antes era imaginado, por eles, como uma espécie de adolescência prolongada — cheia dos erros e opiniões equivocadas daquele estado: os dois primeiros casamentos, dele e dela, quase inconcebíveis em relação a este, o deles. O primeiro e único, ele dizia a ela, nos dias em que estava morrendo. A conclusão, juntamente com a sua própria e próxima conclusão.

Ele não tinha tido filhos do primeiro casamento e eles não faziam ideia de onde ela, a ex-mulher, se achava — estava na América do Sul quando escutaram falar no seu nome pela última vez. Improvável que, a exemplo da crua experiência de pandemônio que ele viveu ao lado dela, ainda estivesse com o homem que a levara ao Peru ou coisa parecida. Foi aceito pelos dois, que descobriram o tesouro um do outro, que tinham sido ao mesmo tempo ingênuos e culpados — não havia desculpa — nos casamentos anteriores; talvez tivesse sido até uma iniciação para o deles: uma experiência de tudo o que um casamento não deveria ser, para que pudessem se ver livres para fazer um de verdade, o deles.

De modo que ela sabia, por experiência própria, duplicada com a dele, que emoções, ilusões e desilusões, reações impulsivas e comprometimentos (como é que qualquer pessoa inteligente haveria de se iludir com tantas e tão óbvias contradições), podem entrar nos assim chamados casamentos. A mulher era uma Beldade que nunca abandonou o clássico caso de infância perturbada e se vingava do mundo através do homem que a escolhera; era sua chance de rejeição brutal. Ele tentara fazer algo da desesperança do casamento, se recusara a reconhecer o fato, tentara persuadir a mulher a ir com ele a psiquiatras, psicoterapeutas, conselheiros conjugais, e, quando ela xingava e zombava dele, ia sozinho deitar-se no sofá.

Nas asneiras emocionais de ambos, o que ela (será possível que tenha agora a categoria arcaica de Viúva, fora do alcance de Senhorita, Senhora ou Dona) não experimentara, como ele o fizera, fora um caso com uma pessoa do mesmo sexo. Como fora acontecer, ela podia e havia se inteirado com ele: a falta de "naturalidade" do ato — não no sentido de algum julgamento moral sobre homossexualismo, e sim porque ela sabia, na gratificação exaltada que ele encontrava em sua feminilidade, que *isso* era o que era natural para a sexualidade *dele*. Acontecera como parte do desespero e da humilhação do primeiro casamento. Na época, ele aceitava qualquer distração. Qualquer convite para comparecer a reuniões e palestras. Escapar. Numa conferência sobre arquitetura, não teve como fugir da inevitável foto em grupo; na manhã seguinte viu-se ocupando a única cadeira livre que restava, sentado à mesa do fotógrafo. Depois, conversando com ele quando se encontraram à tarde na piscina do hotel. O fotógrafo foi a única pessoa com quem teve uma conversa real em três dias; ele próprio não fez contribuição nenhuma às discussões, ouviu, mas não acompanhou o pronunciamento dos colegas arquitetos e planejadores urbanos; estava isolado no desespero esturricado do seu fracasso em criar um relacionamento ao menos suportável com aquela que deveria ser sua mulher; e repleto de aversão por seu fracasso. O fotógrafo — claro — olhava a vida com lentes inesperadas. Um sujeito interessante. Ele via guerras e enchentes, desastres naturais, a personalidade de grevistas e políticos, e não a Fúria cuja imagem bloqueava tudo o mais. Os dois tinham a mesma idade em anos, mas não na concepção de si mesmos. No lugar de uma dramática rejeição emasculada, o fotógrafo ofereceu uma simples aceitação de algo jamais imaginado, impensável em relação a si mesmo como homem: o homem dela. Nesse estado, supunha ela, você podia se sentir grato por qualquer reconhecimento, qualquer ternura de outro ser humano: algo que mal se acreditava ser possível podia acontecer.

Eu não sou bissexual, ele tinha dito a ela fazia muito tempo, nos confessionários do começo. Foi a única vez na vida. Durou alguns meses, mas, para mim, foi como aquele branco que a gente tem um dia, quando jovem, e bebe a noite toda, depois fica sabendo disso pelos amigos.

Agora que o viu morto e sentiu o frio de seu corpo, descobre que existe alguma coisa que *ela* não consegue lembrar direito — e que importância tem isso —, se ele se divorciou antes ou depois daquele lapso igual ao branco total ocasionado pelo excesso de álcool. Ele deve ter lhe contado qual dos dois, mas não acrescentou mais nada. E ela também não fez pergunta nenhuma. Não mais do que o valor que ele poria em ouvir os detalhes de seus casos amorosos — e o casamento dela, ao contrário do dele, não tinha nenhum drama traumático para ser narrado, terminara amigavelmente com a concordância mútua de que estavam os dois saindo da juventude, que seguiriam rumos diferentes e que não deveriam tolamente encetar passos em zigue-zague.

Mas agora que seu homem existe para sua sobrevivência

apenas através de uma montagem do que está disponível para intimar, há uma brecha — sim, um branco. Ela só vai conseguir fazer a recriação parecer íntegra se conseguir intimar de volta aquilo que não é dela para intimar de volta.

Falar com quem. Só tem um. Um que pode intimar de volta.

Se ninguém sabe onde a Beldade foi envelhecer, ou não liga, aquele que é fotógrafo não desapareceu. Como se os olhos dela, agora, estivessem programados para reagir às letrinhas que aparecem no crédito de uma série de fotografias jornalísticas, lá está ele, Hayford Leiden. Ela fora informada do nome na confissão do amante, havia muito tempo. No decorrer dos anos, o crédito modesto devia ter aparecido várias vezes nos jornais internacionais e locais que ela e seu homem liam, mas quem é que repara nas letrinhas abaixo da foto?

Escreveu, dentro do escuro da cabeça, uma carta que nunca chegou ao papel, endereçada a uma agência de fotos chamada Magnum, cujo nome sempre aparecia no lugar do nome do fotógrafo individual. Onde será que ele morava? Se tivesse seu endereço, o que a carta não escrita transmitiria a ele? Saberia que o homem daquele caso, seu homem, estava morto. Provavelmente não, uma vez que o círculo social dos dois nunca se cruzou, em todos aqueles anos de casamento. Ela ensinava história na faculdade e sabia como a história alternativa das vidas privadas passa despercebida por aqueles que se concentram em eventos públicos; e um fotojornalista é bem isso. De modo que a carta estava lá, como se esperando ser impressa, digamos assim, a partir de um computador.

Pensou em viajar — os amigos recomendaram —, afastar-se uns tempos do ambiente de sua dor e, talvez, remover de si a necessidade de contemplá-la. Também poderia aceitar convites para dar conferências, como uma forma de vida substituta, assim como aquela a que seu homem recorrera antes. Veio um convite do Canadá, que ela recusou, mas venceu a própria relutância em deixar as dependências, a casa onde a presença dele ainda era reconhecida pela escova de cabelo no banheiro e pelos braços encardidos da poltrona onde repousavam suas mãos, e aceitou o convite para participar de uma conferência numa cidade universitária inglesa que talvez pudesse parecer menos interessante. Não sabia se era esse o caso; nem se tinha tomado a decisão porque os créditos do fotógrafo de cujo nome ela estava ciente apareciam em jornais ingleses que ela lia. Talvez visitasse alguns amigos na Inglaterra, se bem que não tivesse avisado ninguém que iria. Para passar o tempo, enquanto esperava a chamada para o embarque, zanzou pela *duty-free shop* e, passando pela seção de vinhos, viu um tinto que era um dos preferidos dela e de seu homem e pegou uma garrafa. Os amigos talvez gostassem de lembrar do gosto do lar que haviam deixado para trás, na África.

Uma vez na provinciana cidade inglesa, sua intenção tornou-se nítida: ligou para várias agências fotográficas em Londres e conseguiu o número do telefone e o endereço dele. De modo que a viagem admitiu seu propósito. Ela recuou de si mesma: numa semirreprimenda. A carta nunca foi escrita, mas a ligação telefônica sim. Na primeira vez, houve um adiamento: uma secretária eletrônica na qual não deixou recado. Na segunda, um homem disse sim, Hayford Leiden falando. Ela lhe deu o nome, mulher de fulano de tal, numa voz calma, amistosa, podia muito bem ser alguém prestes a fazer uma proposta de venda. Será que poderia ir vê-lo por alguns minutos. A surpresa dele (ou falta de compreensão — o que será que esta mulher quer) foi bem disfarçada; ele sem dúvida estava acostumado, em seu trabalho, a ter encontros bizarros. Estava totalmente ocupado na próxima semana, mas se ela pudesse vir a Londres, digamos, na próxima sexta... sim, ele se lembra do seu homem, conheceu-o anos antes.

Ele morreu, disse ela. Não faz muito tempo. Ah, ele sentia muito em saber... Ela gostaria de conversar; nada pessoal, ela lhe garantiu, apenas algumas datas, alguns eventos, lugares, a atividade de arquiteto de seu homem no período em que ela não o conhecia. *Nada pessoal.*

O encontro, a entrevista — o que fosse —, ela continuava às turras consigo mesma, apostando assim a vida num estrangeiro — seria à tarde. Em torno das cinco, ele tinha sugerido. Ela decidiu passar a noite em Londres, num hotel, e inventou uma desculpa para faltar ao evento noturno relacionado à conferência.

No trem, ela internamente negava a si mesma; a que ela estava prestes. Tinha algumas suspeitas retóricas. Haveria pruridos se esgueirando furtivos em algum lugar na visita que iria fazer. Oh, por que se ferir com uma tal acusação. Ela enfatizara ao telefone: nada pessoal. Intimidades subentendidas; não tinham nada a ver com ela, nada a ver com seu homem quando ele entrou nela e ela o aceitou. Nada pessoal. Certamente o fotógrafo estava de acordo, ou teria recusado o encontro.

Quando o táxi tomado em Waterloo a deixou no endereço — ela não imaginava que fosse ser assim, uma majestosa casa vitoriana trazida até o presente com ampliações, um jardim de inverno, um apartamento adjacente cercado de varanda e, enquanto ela seguia pela trilha até o pórtico principal, enxergou laivos por trás dos muros da casa de um belo jardim relvado e de árvores. A palavra "Crescente" no papel onde tinha anotado o endereço significava, para ela, um semicírculo de enfadonhas casas geminadas de fachadas idênticas, numa unidade comum. A casa dava fundos para a rua e, pelo visto, não dividia nada, exceto um acesso a uma grande praça arredondada de uso exclusivo dela e de seu círculo de casas vizinhas. Será que um fotógrafo teria como manter um lugar assim; ele devia ser famoso — mas o que sabia ela sobre a ciência econômica das profissões publicitárias. Um destaque de azulejo na parede da entrada floreava dois nomes:

HAYFORD LEIDEN

CHARLES DEVENMORE

Pela porta aberta, ouviu os passos dele vindo em sua direção.

Não havia uma fotografia para ajudar: densa cabeleira branca e sobrancelhas grossas e negras, nítidas como numa gravura japonesa. Um homem que envelhecera bem, sorrindo com o que ainda eram seus próprios dentes. O rosto tinha um pálido bronzeado uniforme (adquirido sob uma lâmpada ultravioleta num salão de beleza para homens, sem dúvida). Mas não, o dorso da mão que veio cumprimentá-la era escuro. Não tinha sangue africano, que ela sempre reconheceria, mas algum outro, oriental quem sabe. Ainda bem apanhado, tanto quanto devia ter sido belo, antes.

A voz era despreocupada e agradável, como se dizendo, estou preparado para você, sei quem você é, sabemos quem somos, um em relação ao outro.

Sentados em cadeiras desenhadas por Le Corbusier, sob a mira de máscaras que ela conhecia, da África Oriental e Ocidental, houve um bate-papo sobre o que ela fazia na Inglaterra — férias presumidas.

Estava participando de uma conferência. Sua linha (frase dele?). História. Ah. Isso parecia dar à visita um contexto aceitável para os desconhecidos, deixá-los desobrigados de fosse o que fosse que os ligava. Algum aspecto de sua inclinação profissional. Isso bastava. As datas, os lugares de uma vida individual que contribuem para fazer o que Tolstói definiu como a vida coletiva do agregado de seres humanos. — Conheci Marc numa conferência. Eu costumava fazer fotos de grupos, naquele tempo, além de fazer o que eu queria — não me lembro qual era o assunto específico discutido naquela reunião. —

— Você não teria uma agenda antiga, com o título da conferência? Ele deve ter mencionando o nome, mas não há nada na sua papelada, e eu não prestei atenção... —

O sorriso simpático se transformou rapidamente num muxoxo desdenhoso dos lábios, mantendo distância. — Meu Deus, não, havia tantos para quem eu poderia ter dado tchau antes de sair para ver o mundo. —

Ela entendeu que ele estava lhe dizendo, caso ela não soubesse ainda, que era um fotojornalista de renome que tinha, ele próprio, por toda parte, fornecido imagens à história.

— Marc se demorou um pouco, depois da conferência. Aqui na Inglaterra. Será que saberia me dizer onde ele morou? Em Londres. Gostaria de ver a casa, ou a rua. —

Ele levou um instante para arrumar a resposta. — Acho que num hotelzinho em Kensington. —

Avaliou-a.

— Eu tinha um apartamento em Notting Hill. Ele se mudou para lá. Alguns meses. —

— O que ele fazia. Trabalho, quero dizer. Numa firma de arquitetos. Ou...? Sempre foi de se enredar nos próprios projetos. — As mãos dela se abriram devagar em torno do espaço de sua morte.

— Ah, estava se recuperando daquela confusão na vida dele, tivemos alguns bons momentos, ele se deu incrivelmente bem com a minha turma de então — todos agora concentrados em seus próprios caminhos. Estados Unidos, Austrália, Espanha — África do Sul. — Essa última referência pelo visto lembrou-o de que esse integrante da turma, como acabara de ser informado, estava morto. — Bons tempos, aqueles, houve o projeto que fizemos juntos com um amigo meu — acho que talvez ainda esteja à mostra, hoje em dia, em segunda mão em algum museu por aí — era uma espécie de "ambiente" desmontável — muito à frente de nossa geração — foi esse o nome que demos, ele fez a parte arquitetônica, o artista fez uma espécie de decoração com *objets trouvés*, eu fiz as fotos, supostamente para representar a balbúrdia essencial de nosso estilo de vida, na época. Acho que foi encomenda de algum instituto de Manchester — imagine só, de todos os lugares do mundo — e acabou exibida aqui em Londres também. Não fez grande sucesso, mas nós todos éramos malucos por ela. —

— Pensei que ele tinha feito um curso de atualização num instituto de arquitetura, por algumas semanas. Oxford. —

— Não que eu saiba. Ele ficou aqui em Londres. Talvez tenha sido outra coisa... E sim, houve também a ideia de fazermos um livro juntos, eu fotografaria os edifícios e ele escreveria o texto, falando sobre — como é que ele dizia mesmo — as relações arquitetônicas entre os edifícios e a política do período. Eu tinha até um amigo editor que se dizia interessado... Alguns trechos do texto, quem sabe até os desenhos para aquele negócio do "ambiente", devem ter ficado por lá, naquele pequeno apartamento, até eu limpar o acúmulo de tudo quanto é tipo de coisa e mudar para outro apartamento onde morei até — vir para cá. Finalmente. Ele não levou nada parecido de volta com ele? —

— Não entre a papelada que encontrei. Teria sido interessante, como parte da visão arquitetônica dele, que estou tentando montar; tenho todos os planos convencionais que ele projetou no trabalho. Esses eu tenho. —

Seu hospedeiro tornou-se hospitaleiro, ou recuou do passado convocado por ele mesmo que adquiria volume. — Não quer beber alguma coisa? Chá, café? Uísque? Vodca? —

— Obrigada. Se você também for tomar — vodca, por favor, com tônica. —

Havia uma mesinha de bar antiga, repleta de garrafas de bebida e copos. Ele se afastou para buscar gelo e água tônica; na breve ausência, ela teve oportunidade de olhar em volta para o que havia na sala — mas não poderiam ser relevantes, aqueles nus de Lucian Freud e Bacon, as fotos do anfitrião e do outro homem (Charles Devenmore?) abraçados numa praia, ou deles individualmente, um atrás de sua câmera nas ruínas de uma cidade, o outro num palco, de boca shakespearianamente escancarada num acesso de raiva (o amante, claro, era ator) — esses não podiam ser os objetos entre os quais seu homem tinha vivido sua outra vida; naquele minúsculo apartamento partilhado, havia muito, muito tempo.

Ele preparou as bebidas e, depois de ter lhe dado a sua, ergueu o copo com o desembaraço social que se supunha haver entre eles — um momento em que ele talvez brindasse — o passado: o homem dela, o homem dele — rapidamente camuflado para que ela não reparasse. Mas ela notara; e o momento ficou entre os dois, para ser examinado. Ele o abordou de forma geral, contornando o que havia dito ao telefone. *Nada pessoal.* Apenas datas, lugares, atividades profissionais naqueles meses em que dividiram o apartamento, para trazer seu homem de volta, montá-lo de novo, a vida dele que precisa continuar a existir para a sobrevivência dela.

— É sempre um problema fazer com que as pessoas — as outras pessoas — entendam o tipo de comunidade formada pelos gays. O que alguém de fora pode encontrar nela que, acho eu — ou melhor, eu sei —, não funciona entre outros grupos. Algo a ver com ser minoria, a cura a ser encontrada entre nós — não falo de algo solene e sacro-masculino... —

Ela agitou-se na cadeira, em negação. — Nós tivemos — eu tive muitos bons amigos homossexuais... —

Ele tomou um gole audível de vodca e riu, com um gesto

para que ela fizesse o mesmo. — Claro, certo, alguns dos meus melhores amigos são judeus e o melhor amigo do homem é o cão. —

O que ela poderia dizer? Não estava preparada para esse tipo de réplica, não era o encontro nem a ocasião para isso, caso ele estivesse optando por fazer dela o alvo dos insultos recebidos a vida toda. Ela dissera, dissera para ele, *nada pessoal*, e agora ele transgredia os limites da reconvocação que ela lhe assegurara.

De repente, ele olhava para ela de um jeito que não dava para eludir nem interpretar, inescapável, confidencial ou instigante.

— Claro que eu não queria que ele fosse embora. —

Por que esse homem que havia se esquecido de seu homem em meio a tantos outros não podia lhe dar apenas os simples fatos, tudo o que ela havia pedido, em vez de afirmar — reivindicar — sentimentos partilhados com ela: o seu homem, que a abandonara em troca da morte, o outrora amante que fora embora; o homem de ambos. Será que estaria se divertindo em fazer isso? Ele foi em frente, contando um antigo incidente do qual se lembrava para benefício dela — eu tinha ido viajar com outra pessoa para o Suriname. Como pode ver, eu sou meio a meio, o nome é holandês, a pele é malaia, uma bela herança do passado colonial, certo? Eu nutria a ideia de encontrar minhas raízes malaias por lá e meu novo caso concordou comigo. *Ele* não entendeu que era apenas uma aventura que eu precisava viver naquele momento. E quando voltei para o nosso apartamento, encontrei o lugar vazio — ele tinha voltado para a África do Sul. Não sei para quê. Para aquela mulher maluca. Sabe-se lá. —

— Se já não era divorciado antes de você conhecê-lo, foi nesse ponto que se divorciou. — Sabia que estava sendo seduzida a fazer confidências que não tencionava fazer. —

Ele serviu mais uma vodca para si e fez um gesto na direção

do outro copo, sobre o qual ela pôs a palma da mão. — Vou lhe contar uma coisa. Eu acabei indo para a África do Sul uma vez, faz uns dez ou doze anos. A serviço. Perguntei por ele; foi então que fiquei sabendo a seu respeito. Era só uma curiosidade minha de saber o que tinha sido feito dele. Alguém me disse onde vocês moravam. Mas nem tentei procurá-lo, considerando-se... —

Houve um hiato que não poderia ser chamado de silêncio porque, embora não falassem, corria entre ambos um vívido diálogo do inexprimível.

Depois ela arcou com o peso da convivência social do dia a dia e encaixou no lugar a visita educada prestes a ir embora.

— Bem, obrigada por ter me deixado incomodá-lo, tenho de ir, agora. —

— Tem certeza de que não quer ficar para mais um drinque? —

Ela estava de pé, pronta para mentir, também. — Preciso tomar o trem. —

Ao colocar a alça da bolsa no ombro, uma forma dura dentro dela encostou no quadril; ela tinha se esquecido de dar ao homem a garrafa de vinho que resolvera levar no último minuto, antes de fechar a porta do quarto do hotel — como sabia que não iria visitar os amigos para quem comprara a garrafa, parecia-lhe um gesto útil para se desculpar pela intromissão.

Ele a recebeu com prazer e apreço. — Da África do Sul até aqui! Charlie e eu vamos nos regalar esta noite. — Ele leu o nome no rótulo, duas palavras formando uma só, muito provavelmente vindas de um viticultor bôer depois de terminada a velha guerra perdida para os britânicos, os vencidos ainda escrevendo em holandês, do qual derivara sua própria língua, o africânder. — *Allesverloren*, "tudo perdido" — como vê, do meu lado holandês — minha avó — consigo traduzir... —

Ela caminhou por vários quarteirões antes de se lembrar

de procurar um táxi ou um ponto de ônibus. Deveria ter perguntado se por acaso não havia uma foto daquela época. Podia ter perguntado, já que os termos da visita tinham sido violados. Mas não.

Você conhece quem conhecia. Não pode conhecer o outro, qualquer outro. *Allesverloren*.

História

O papagaio é a atração do restaurante há trinta anos, mas claro que ninguém sabe quantos anos ele tem. Um papagaio pode viver por um século, dizem — provavelmente uma antiga lenda de marujo; pois essas aves não costumavam fazer companhia para os marinheiros, nas antigas viagens solitárias? Foram levados da África e do Amazonas para a Europa; de onde quer que achassem que era O Mundo, navios foram enviados para se aventurar nos mares dos mundos conhecidos por outros. Esses outros não falavam, até onde os marujos tivessem ciência — quer dizer, não na língua deles, fosse qual fosse. Mas o pássaro sim. Em pouco tempo, ele fazia perguntas, exigia coisas, xingava, até mesmo ria na língua deles. O mundo dos outros respondia ao que O Mundo estava decidido a fazer deles — sua própria imagem. Os marujos não sabiam — será que alguém sabe — como é que um pássaro fala. Mas ele falava. Como se compreendesse ao menos o riso, os xingamentos. De que outra maneira poderia ter reproduzido a forma de expressá-los?

Isso faz séculos, o papagaio do restaurante deve ter vindo

de alguma loja de animais, embora Madame Delancy se lembre de que ele foi dado ao marido por algum amigo. — Nós jamais teríamos comprado um papagaio! Para um restaurante! Não é zoológico! — Mas ela cumprimenta o papagaio com uma inclinação de cabeça igualzinha ao cumprimento que faz aos empregados, ou, melhor dizendo, aos membros da família, porque esse é um restaurante no sul da França do tipo que se encontra nas cidadezinhas, com empregados todos descendentes do *chef* pai e da mãe *hostess*, que recebe filhos, filhas e até netos que vêm de lambreta para comer a comida e ajudar a limpar as mesas, depois da escola.

A plumagem do papagaio é verde e amarela, com laivos de vermelho em alguns lugares, e um bico cinzento e curvo que, tendo em vista a presença da criatura lá no restaurante há tanto tempo quanto os *habitués* fundadores, parece ter envelhecido do mesmo jeito que o nariz de alguns velhos. Turistas ingleses e aposentados de suas geladas divisões administrativas, pela própria cultura ornitologistas amadores, sabem que o papagaio é africano. E também o conhecem pelo nome, Auguste. Porém, a clientela mais constante, na temporada e fora dela, é local. Os velhos *habitués*, locais e de fora, já viram, já ouviram a criançada crescendo, desde os tempos do carrinho de bebê, correrias por entre as mesas atrás de bolas, até os bíceps sensuais e tatuados, as risotas, o flerte por cima da fumaça dos cigarros, e a transformação de umbigos nus perfurados de anéis em morros inchados de gravidez.

Na temporada, o papagaio fica do lado de fora, em sua gaiola debaixo de uma árvore, no terreno da *Place*, onde o restaurante espalha suas mesas e guarda-sóis. Fora da temporada, ele é enfiado, junto com o verão, num canto do restaurante, se o tempo estiver ruim; uma espécie de hibernação que lhe impõem, sem dúvida contrária ao ciclo de sua espécie, seja ele de onde for. Às vezes tem até o pano noturno que alguém joga por cima da gaiola. Tire uma soneca. Mas durante quase o ano todo, naquele clima ameno, passa boa parte do dia no seu posto, do lado de fora, onde os clientes preferem sentar. — Auguste! Olá! — As pessoas chamam, enquanto estão sendo conduzidas à mesa. — Auguste! *Bon jour!* — Como se precisassem ser reconhecidas por ele, o sinal, a personalidade da escolha de onde comer e beber, assim como outros se sentem prestigiados pelo reconhecimento de um *maître d'hôtel.* E com a asserção de dignidade de um *maître d',* ele às vezes responde com murmúrios naquela sua misteriosa garganta, Olá, *bon jour.* Às vezes não. Finge-se ocupado, cuidando de algum deslocamento das penas ou mudando determinada forma preênsil das garras. Elas, como o bico, assumiram as características humanas dos clientes que estão do lado de fora da gaiola, mas há muito tempo em volta — a pele das garras do seu tipo de mão vincada, endurecida, de rugas entrecruzadas pelo envelhecimento mútuo.

Os pais mandam os filhos irem cumprimentá-lo. Vá ver o papagaio, diga alguma coisa para ele, ele sabe falar, sabia. Assim, os adultos se veem livres do palavrório e dos berros dos mais novos. Não vá enfiar o dedo pela grade! Ele não é um gatinho novo! Vá — está vendo aquele papagaio ali?

As crianças rodeiam a gaiola e fitam atentamente. Seus olhos insignificantes, à meia-pálpebra — todo ele bico, o atributo de quem come e profere —, devolvem os olhares como uma figura pública suporta a mesmice no rosto da multidão. Ele não vai dizer nada, mesmo que mamãe e papai tenham dito que sim, e o que mamãe e papai dizem deve ser verdade. Certo. Auguste, para todos os efeitos, é um macho, por causa de sua voz roufenha: de repente, ele nos gratifica com berros irados, os gritos de uma briga de rua. Algumas crianças saem espavoridas, outras riem e o atormentam ainda mais. É como se a violência inapropriada tivesse trazido um lembrete incômodo para a segurança agradável de se olhar um cardápio, com um dos integrantes da família do *chef* dando conselhos sobre as escolhas entre os especiais do dia. Madame Delancy pode até sair, dando de ombros e sorrindo, para afastar gentilmente de lá os pequenos torturadores. Talvez tenha um gomo de tangerina ou um mexilhão aberto nos dedos, para acalmar a ave. (Quando os clientes se espantam diante do espetáculo de um papagaio que gosta de *moules marinières*, ela inclina a cabeça para um lado e diz — iodo — talvez seja por isso que ele esteja vivo há tanto tempo.) Ele pega a guloseima e continua a resmungar consigo mesmo, com calma indignação, ao mesmo tempo que, pelo visto, escuta atentamente a tudo o que acontece em volta porque, em meio a um acesso de raiva, entra nas conversas, sem ser convidado, clichês do vocabulário dele sobre os clichês das conversas deles. — Saúde tim-tim o qu-eeê! é mesmo? bem-em então! entã-oo *ça va*? Ora, vamos! você fala! do...çura tchau *ça va*? — Todas as nuanças do riso, da zombaria, da irritação, do tédio e da descrença são fielmente introduzidas, reproduzidas. As inflexões daquilo que temos de chamar de sua voz se adaptam ao fato de ele estar falando francês ou inglês — pelo visto a chegada de alemães e escandinavos na parte final dos seus trinta anos não conseguiu fazer com que ele reproduzisse as locuções.

Mas agora há mudanças chegando na encantadora cidadezinha — claro que ela conservou seu caráter através das muitas mudanças, mais até que a lendária longevidade do papagaio. A revolução que fez os monges fugirem de seu mosteiro, cujos claustros são hoje o bar no jardim de seu avatar, um hotel cinco estrelas; a ocupação alemã dos anos 1940 na qual os rapazes das famílias locais ainda existentes (veja todos aqueles carrinhos de bebê) foram mortos, na Resistência — há uma rua onde um deles nasceu, batizada com seu nome. Houve restauração de vigas podres em velhas casas, feita por escandinavos, alemães e ingleses que, nos anos do *boom* europeu, descobriram um lugar delicioso e intato onde adquirir uma histórica *maison secondaire.*

Essa última mudança tem uma finalidade — como sem dúvida todas elas tiveram para quem quer que tenha morado ou visitado a cidadezinha "como ela era". Antes. Para cada indivíduo um outro "antes". Porém, uma das finalidades, agora, é o anunciado fechamento do restaurante do papagaio. Depois de trinta anos! Madame Delancy sabe que deve uma explicação aos *habitués*, sejam as sobreviventes da comunidade lésbica dos Anos 1920, os visitantes habituais de verão ou os jovens que tomam como uma espécie de descendência colateral o direito de sentar, fumar, zombar e papear por mais de uma hora acompanhados de um café ou de um sorvete compartilhado. O *chef*, seu querido marido, que (todos já ouviram a história narrada várias vezes) aprendeu seu ofício nas cozinhas do Maxim's de Paris, está à frente das panelas há mais de quarenta anos. Por algum tempo, já, eles têm pronto um pequeno apartamento com vista para o mar para o tempo que chegou. Assim é que as mesas com suas toalhas brancas e suas flores, as cadeiras onde todos se sentem à vontade e brindam, tudo será encaixotado, os baldes de gelo onde garrafas de *rosé* Provençal transpiram de tão geladas, e as incomparáveis *Tarte Tatin* do *chef* expostas entre as sobremesas — tudo vai desaparecer. Não. Não? Um senhor alemão comprou o restaurante. Como se alguém pudesse "comprar" um restaurante cuja personalidade se formou no decorrer de trinta anos. Um alemão. Repolho e salsichas. Ou pior, algo imaginado como a cozinha internacional francesa por alguém que não é francês.

Um berro imperioso de sob um caramanchão. — *Bon jour! Bon soir!* Olá! *Ça va?* — lembrança: e Auguste, o que vai ser do papagaio? Será que pode ser comprado com as instalações?

O papagaio vai se mudar para o apartamento. Que pergunta.

Mas há uma pergunta: que tipo de vida será para ele, sozinho com um velho casal, olhando para o mar. Ah, a família, os filhos e os netos irão visitá-los. Às vezes. Todo mundo encontrou um novo emprego.

A última semana da vida do restaurante é mais atribulada que nunca. É preciso comer lá ao menos mais uma vez, vai ser a última. Para muita gente: de muitas fases, etapas, momentos da vida. O papagaio testemunhou tudo; os que as pessoas lembram, os que elas esqueceram ou querem esquecer. Ele está especialmente falante no decorrer da última oportunidade de lembranças declaradas; pelo visto quando a criatura dura muito, também tem uma memória implacável. Está tudo ali, em seja qual for a estranha faculdade escondida naquela garganta emplumada e na grosseira língua cinzenta atrás do bico curioso. Ele ri numa risada em crescendo de uma senhora coquete que pode ou não ouvir a si mesma ao entrar, curvada num andador, para se sentar para um último almoço em sua mesa de hábito. Agora ele sufoca risadinhas sem sentido de moças adolescentes que desapareceram nas cidades; os pais, comendo seu último *Daube Provençale*, não têm notícias há meses. Os risinhos se transformam numa praga embriagada (aquele pobre diabo, relíquia de antigos *habitués*, agora pede esmola na frente do mercado). O zumbido de namorados numa mesa (o casal hostil que não troca uma palavra enquanto come), a insinuante risada bisbilhoteira cujas previsões de encontros errados e traição aconteceram, lá — alguém sorri um adeus de adulação, Auguste, Auguste, e se afasta da gaiola por falta de resposta, a criatura calou-se. Ele zanza pela gaiola como se para encontrar o suborno de açúcar que havia perdido. Mas é mais que isso. Ele grita aflito, PAPA PAPA PA-PAA! Onde foi parar aquela criança de onde veio esse grito que vai ficar guardado, quem sabe por mais cem anos? PA-PAA! Onde está o pai chamado num apelo tão desesperado, e será que ele apareceu. OLÁ OLÁ PA-PAAA PA-PAAA! BON JOUR BON SOIR QUÊ? QUÊ? ÇA VA? ÇA VA? As papagaiadas que não são só dos papagaios arremedam a forma como nos escondemos das mágoas uns dos outros. ÇA VA?

Como vai.

E das profundezas de seja lá o que for que ele tem parecido com cordas vocais, em tom baixo e raivoso, eis o que foi ouvido, o que ele não deveria ter ouvido. *Ça ne va pas du tout.*

Tudo bem coisa nenhuma.

Uma beneficiária

Caixas de papéis velhos são túmulos, nós nunca deveríamos abri-las.

A mãe dela fora cremada. Não há nenhuma página de mármore entalhada com Laila de Morne, nascida, falecida, atriz.

Ela sempre mentiu a idade; e não era seu nome natal, muito limitador, etnicamente falando, para sugerir singularidade na lista do elenco, herdado de gerações anteriores. Também não era seu nome de casada. Ela se batizara — profissionalmente. Fazia bastante tempo que era divorciada, se bem que só com cinquenta e tantos anos, quando um táxi bateu em seu carro (como ela interpretaria sua última fala), é que desceu a cortina sobre sua carreira. A filha Charlotte tem o sobrenome do pai e sempre foi mais chegada a ele, como uma criança que se submete às condições de acesso do ex-marido enquanto a ex-mulher em geral fica com a guarda. À medida que crescia, Charlotte se sentia cada vez mais compatível com ele e não com ela, por mais apegada que fosse à infantilidade — por assim dizer — da mãe. Talvez representar seja no fundo uma continuação dos jogos de faz de conta da infância — fascinantes, de certa forma. Mas. Mas o quê? Não era um caminho que quisesse seguir. Embora seu nome fosse o da personagem que havia dado à mãe seu primeiro sucesso, no começo da carreira (Charlotte Corday, *Marat/ Sade*, Peter Weiss), e apesar do incentivo de aulas de teatro e de dança. Não era um caminho que pudesse seguir devido à falta de talento: interpretação muda da frustração da mãe, ainda que não expressa em censura. Laila de Morne nunca se comprometera com amante nenhum a ponto de se casar de novo. Não havia padrasto para confundir o relacionamento, as lealdades; Charlie (como ele a chamava) podia comentar com o pai: "Por que ela acha que vou seguir os passos dela?".

O pai era neurologista. Eles riam juntos; diante de qualquer prerrogativa predestinada da mãe ou da alternativa paterna de que se tornasse médica! Ficar fuxicando no cérebro dos outros? Eles se cutucavam um ao outro com cotoveladas e risos diante da aversão da menina.

O pai ajudou-a a realizar a reunião *in memoriam*, que substituiu o enterro, sensível como sempre a qualquer necessidade na vida da filha. Ela com certeza não esperava nem queria que ele se abalasse até o apartamento da ex-mulher e se pusesse a separar as roupas e os objetos pessoais que seriam dados ou guardados. Uma amiga da empresa onde ela trabalhava como atuária concordou em ajudá-la, em troca de um fim de semana livre. Inesperadamente, o jovem advogado especializado em direitos civis, com quem houvera uma atração entendida como mútua, e que não fora além de um jantar e um cinema, ofereceu-se — talvez como gesto iniciador de um caso que por sinal aconteceria de qualquer jeito. As moças tiraram as roupas dos armários, a amiga soltando exclamações diante da gama elaborada de estilos diversos que as mulheres daquela geração usavam, parece que tinham várias personalidades a projetar — como se fosse possível escolher, agora, para as que pertenciam à geração do jeans com camiseta. Ah, claro! A mãe de Charlotte era uma atriz famosa!

Charlotte não corrigiu essa parte por respeito às ambições da mãe. Mas quando foi ao quarto vizinho, onde o advogado arrumava para ela, em ordem cronológica, os recortes da imprensa, os programas, as fotos exibindo Laila nos papéis para os quais o guarda-roupa fora fornecido, folheou alguns programas e comentou, para ser ouvida por ele, mas não direto para ele: "Nunca teve de fato os papéis principais para os quais acreditava estar fadada, depois das críticas fantásticas que recebeu como grande promessa, muito jovem. Quando matou Marat. Na banheira, não é? Nunca vi a peça". Confessando a verdade sobre a carreira da mãe, traindo o ideal que Laila fazia de si; talvez também um gesto em direção ao caso amoroso.

Os três jovens romperam as rédeas do passado para tomar um café e se preocupar com o presente. Que tipo de casos pega um advogado especializado em direitos civis? O que ele quis dizer com não os litígios normais? Nada de roubos e sequestros? Será que as duas moças se sentiam discriminadas, será que os melhores empregos ficavam com os homens? Ou seria o contrário, o remorso em relação à discriminação dos sexos significa que as mulheres são levadas a ocupar cargos para os quais não têm de fato cacife? Mulheres de todas as cores; e os homens negros, a mesma coisa? O que sozinha teria sido uma triste e estranha tarefa se tornou uma noite animada, trocas animadas de opiniões e experiências.

Laila com certeza não reprovaria; ela havia estimulado sua plateia.

Houve um domingo à noite num clube de jazz, partilhando entusiasmos e tédio com hip-hop e *kwaito*. Depois de um jantar e de dançarem juntos, o primeiro contato físico para confirmar a atração, ele se ofereceu de novo para ajudá-la em sua tarefa e, numa tarde de fim de semana, eles se beijaram e se tocaram entre pilhas de roupa e caixas de lembranças do teatro, a mão dele transbordando com seu seio, mas não prosseguiram, como seria natural, para a bela e convidativa cama, com sua assinatura de drapeados e almofadas. Algum tabu atávico, noção de respeito pelos mortos, como se a mãe ainda estivesse ali deitada, na posse de tudo.

O caso amoroso encontrou uma cama num outro lugar e continuou meio incerto, agradável sem dúvida, mas sem muitas expectativas de compromisso. Peça de um só ato começada entre os acessórios cênicos de uma carreira de papéis secundários.

Charlotte afastou todas as ofertas, inclusive de sua amiga do escritório, para continuar fazendo a seleção — do quê? As roupas de Laila estavam empacotadas, algumas pareciam aproveitáveis apenas no contexto de figurinos cênicos e foram dadas para um grupo experimental de teatro, outras foram para o Exército da Salvação, para serem distribuídas entre os sem-teto. O pai combinou com um agente imobiliário a venda do apartamento; a menos que você queira ir morar lá. Era grande demais, sua Charlie não teria como mantê-lo, ela não queria viver num estilo que não era o seu, mesmo que ficasse livre do aluguel. Riram de novo, em compreensão e não crítica à mãe. Laila era Laila. Ele concordou, mas como se em relação a um outro aspecto. Sim, Laila.

Os carregadores foram pegar a mobília para ser vendida. Ela meio que imaginou herdar a cama, seria um luxo refestelar-se na diagonal naquela sua generosidade; mas você não conseguiria fazê-la passar pela porta do quarto, em seu apartamentinho. Quando os homens se foram com seu fardo, ficaram pálidas formas no assoalho de onde foram tirados os móveis. Ela abriu janelas para deixar a poeira sair, a atmosfera especial de uma ocupação, como o ar de uma caverna, e, virando-se, viu que algo tinha sido deixado para trás. Umas duas caixas vazias, de papelão, das que os supermercados entregam. Irritada, foi pegá-las; uma não estava vazia. Parecia cheia de cartas. O que nos faz guardar certas cartas e amassar as outras no lixo. Em sua vida relativamente curta, tinha jogado fora tolices dos tempos de escola, propostas sexuais rabiscadas nas costas de cardápios que, antiga e inocentemente, eram tidas como elogios, cartas educadas de recusa em resposta a algum emprego para além de suas qualificações ao qual tivesse se candidatado — uma lição salutar do que seu grupo chamava de Mundo Real. Essa caixa pelo visto continha lembranças diferentes das outras das quais já se ocupara. Os envelopes tinham jeito de guardar cartas pessoais. Endereçados a mão, sem logotipos impressos de bancos ou empresas. Por acaso Laila teria uma vida pessoal que não era relacionada com sua família, o teatro? Uma filha de um casamento desfeito não poderia contar como "família".

Charlotte — essa era sua identidade em qualquer contexto que implicasse a mãe — deu uma olhada nos envelopes. Se sua mãe tivesse uma vida pessoal, ela não estaria nas posses materiais a serem descartadas como se fossem um traje que se veste e se tira; uma vida pessoal não pode ser "deixada para" a filha, a beneficiária do testamento. Quaisquer que fossem as cartas que Laila quis guardar, elas continuavam suas; calmamente queime-as todas, como Laila foi consumida, para que se juntem as duas. Dizem (li não sei onde) que nada nem ninguém desaparece na atmosfera, estratosfera, seja qual for o nome que você dá ao espaço — átomos infinitamente diminutos para além da concepção de existência estão sempre lá no alto, vindos do mundo inteiro, de todos os tempos. Bem quando notou a caixa que não estava vazia e deu uma sacudida para que seu conteúdo não se esparramasse ao ser erguido, reparou em algumas folhas de papel viradas de borco. Elas não tinham a privacidade de um envelope. Apanhou e virou as folhas. A letra do pai. Feita com mais deliberação do que a que Charlie conhecia, qual era a data no topo da página debaixo do endereço da casa que lembrava como sendo seu lar, quando era pequena. Uma data de vinte e quatro anos atrás — claro que a letra dele mudara um pouco, ela sempre muda com as fases diferentes na idade da gente. Sua Charlie tem vinte e oito, de modo que devia ter quatro quando ele pôs a data, mais ou menos isso, deve ter sido logo antes do divórcio e de ela ter se mudado para outra casa com Laila.

A carta está formalmente endereçada do lado esquerdo do papel a um escritório de advocacia, Laplan McLeod e Associados, e dirigida a um deles, *Caro Hamish*. Por que diabos Laila iria querer manter, de um casamento morto, essa carta do tipo comercial, que um neurologista devia ter escrito a respeito de algum acidente de carro, talvez, ou sobre o não pagamento de uma consulta ou cirurgia por parte de algum paciente. (Como se a ética médica e humana do pai algum dia permitisse a ele esse último...) As folhas deviam ter se misturado com o resto das coisas pessoais, em algum momento. Laila e Charlotte mudaram de apartamento com frequência, durante a infância e a adolescência da filha.

A carta está marcada como "Cópia".

"Minha mulher Laila de Morne é atriz e, no decorrer de sua carreira, fez parte de um círculo independente daquele partilhado por um casal dentro do casamento. Sempre a encorajei a agarrar as oportunidades de avançar seu talento por meio dos contatos que pudesse fazer. Ela é uma mulher muito atraente e estava óbvio, para mim, que eu teria de aceitar o fato de que haveria homens, certamente entre seus colegas de profissão, desejosos de ser mais que apenas admiradores. Mas mesmo gostando das atenções, e às vezes respondendo com um flerte social do tipo geral, eu não via motivos para enxergar nisso mais do que o prazer natural com sua própria aparência e seus talentos. Ela zombava desses admiradores comigo, quando estávamos a sós, tinha comentários acerbos sobre o aspecto deles, suas pretensões e, se fossem atores, diretores ou dramaturgos, sobre a qualidade de seu trabalho. Eu sabia que não tinha me casado com uma mulher que ficaria em casa, cuidando de bebês, mas de vez em quando ela trazia o assunto à baila, nós devíamos ter um filho, dizia, por mim. Depois conseguia um novo papel numa peça e isso era compreensivelmente adiado. Porém, depois de um começo bem-sucedido, sua carreira não avançou conforme as expectativas, ela não conseguiu ser aceita para vários papéis que havia antecipado confiantemente para si. Um dia, chegou em casa esfuziante e me disse que tinha conseguido um pequeno papel numa peça que fora aceita para se apresentar no exterior, no Fringe Festival de Edimburgo. Ela fora selecionada porque o próprio ator principal, Rendall Harris, tinha dito ao diretor que ela era a mais talentosa das jovens que integravam o grupo de teatro. Fiquei feliz por ela e demos uma festinha de despedida em nossa casa, uma noite antes de o elenco partir para a Grã-Bretanha. Depois de Edimburgo, ela passou um tempo em Londres, ligando para me dizer como era maravilhoso e necessário para ela vivenciar o que estava acontecendo no teatro inglês e, eu suponho, tentando a sorte nos testes. Pelo visto sem sucesso.

"Talvez sua intenção fosse não voltar mais. Mas voltou. Algumas semanas depois, contou que tinha acabado de ver uma ginecologista e confirmou que estava grávida. Fiquei emocionado. Tomei a improvável felicidade da concepção — eu presumira, quando fizemos amor na noite da festa, que ela tinha tomado as precauções de hábito, não estávamos bêbados, mesmo que ela estivesse triunfante — como um símbolo do que talvez pudesse ser uma mudança em nosso quem sabe descabido casamento. Sou um especialista médico, um neurocirurgião.

"Quando a criança nasceu, ela se parecia com qualquer outro bebê de rosto vermelho, depois de alguns meses, todos comentavam que a menina era a cara de Laila, a mãe. Um dia, um sábado à tarde, quando ela chutava e esparramava os braços atleticamente e nós admirávamos o progresso do nosso bebê, sua beleza, brinquei, 'Sorte que ela não se parece comigo', e minha mulher pegou a criança no colo, afastou-se e disse: 'Ela não é sua filha'. Tinha encontrado alguém em Edimburgo. Interrompi-a com perguntas iradas. Não, ela prevaricava, sem dúvida. Londres, o caso tinha começado em Londres. O ator principal, que insistira para que ela fizesse o pequeno papel, apresentara alguém a ela. Alguns dias depois, ela disse: não foi 'alguém', foi ele, o ator principal. Ele é o pai de nossa filha. Ela contou isso a outras pessoas, nossos amigos, à medida que chegavam notícias para a imprensa de que o ator Rendall Harris estava ganhando fama em peças de Tom Stoppard e Tennessee Williams.

"Eu não conseguia decidir em quem acreditar. Cheguei até mesmo a consultar um colega de profissão para saber das exatas variações do período de gestação em relação ao nascimento. Pelo visto era possível que a concepção tivesse ocorrido comigo, ou com o outro sujeito alguns dias antes, ou depois, na relação comigo. Nunca houve nenhuma intenção expressa por parte de Laila de que iria pegar a criança e viver com o ator. Era orgulhosa demais para deixar que alguém soubesse que o que provavelmente aconteceu é que ele não quis nem ela nem a suposta progênie de um de seus casos.

"Laila se dedicou a sua carreira de artista e, como resultado disso, o papel de pai me levou necessariamente a uma ligação mais próxima do que o normal com os cuidados da menina, agora com quatro anos. Sou dedicado a ela e posso convocar testemunhas que afirmarão com convicção que ela seria mais feliz sob minha guarda.

"Espero que isso baste. Avise-me se houver necessidade de mais alguma coisa, ou se há detalhes demais. Estou acostumado a escrever relatórios no jargão médico e achei que esta carta deveria ser bem diferente. Acho que não tenho a mais mínima esperança de ficar com Charlie, Laila vai pôr todas as suas habilidades dramáticas para jurar que ela não é minha."

Aquele sábado. Aterrissou no apartamento saqueado pelo presente e encheu-o de explosivo espanto, a presença do passado. Aquele sábado do jeito que lhe viera. Charlotte/Charlie (o que era ela) recebeu como ele o que Laila (sim, sua mãe, dar à luz é prova) tinha dito.

Como reconhecer algo que não pertence ao vocabulário de suas emoções conhecidas. Choque é como um zumbido nos ouvidos, para interromper você volta à primeira página, lê a carta de novo. Ela dizia o que dizia. Esse colapso submerso lá dentro, nas narinas infladas sem fôlego sobre seios, estômago, pernas e mãos, mãos que não apenas sentem passivamente como saem para agarrar o que não pode ser. Desalento que uma palavra de som tão frágil tenha esse significado horroroso. O que é que se faz com algo que lhe foi Dito? Algo que agora está lá, nas entranhas da sua existência. Correr para ele. Enfiar a carta dele na cara dele, na dela — mas ela está fora disso, escapou na fumaça do crematório. E ela é a única que sabe de fato — sabia.

Claro que ele não obteve a guarda. Concederam-lhe a sentença de divórcio, mas a mãe ficou com a criança de quatro anos. É natural, sobretudo no caso de uma menina pequena, a criança ir morar com a mãe. Apesar de sua deposição, na qual lhe é negada a paternidade, ele pagava o sustento da criança. O caríssimo colégio interno, as aulas de teatro e de dança, até mesmo as férias nas Seychelles, três vezes na Espanha, uma vez na França, outra na Grécia, com a mãe. Ele deve ter pago generosamente. Era um neurologista com mais sucesso na profissão que a mãe no palco. Mas esse não podia ser o motivo da generosidade.

Charlotte/Charlie também não conseguia pensar sobre isso. Dobrou as duas folhas, procurou desatenta pelo envelope dentro do qual deveriam estar, e não estavam, e, com as folhas na mão, deixou as caixas, as cartas, o apartamento de Laila, tudo trancado atrás da porta.

Só há uma pergunta para ele: por que tem sido um pai amoroso.

O regresso daquele seu sábado acordou-a às três, quatro da manhã, depois de ter conseguido manter distância através das atividades do dia, trabalho, dirigir sozinha pela cidade apinhada, não se deixe distrair, ocupada em se divertir na companhia de amigos a quem nada foi Dito. Ela e o pai foram ao restaurante predileto dele para o jantar de praxe, bem cedo, depois foram ver um filme estrangeiro de um diretor cujo trabalho ela admirava e o sábado não foi mencionado: era irreal.

No escuro, quando o trânsito do fim de noite termina e o da manhã ainda não começou: silêncio.

O motivo.

Ele acreditava na chance da concepção naquela única noite da festa. O adeus de Laila. Mesmo que o amigo especializado em medicina biológica tenha dito, deixando implícito que sem saber a fase do ciclo fértil de uma mulher não dá para ter certeza, que a concepção poderia ter acontecido num outro relacionamento, alguns dias antes ou mesmo depois daquela única noite. Eu sou Charlie, a sua.

O motivo.

Mais um pensamento noturno; mau humor — quem eles

acham que são, decidindo quem sou eu para que me encaixe neles, na vaidade dela, ao menos ela pode carregar *o filho* de um ator com uma carreira que não conseguiu para si, ele um homem de orgulho ferido que se recusa a aceitar a potência do outro. Sua semente *tem* de ter sido a vencedora.

E pela manhã, antes que as distrações do dia tomem conta, que vergonha, Charlie, ter pensado com tanto desdém, tão torpemente nele.

A segunda razão que se oferece tampouco é menos injusta, ofensiva — confusamente penosa para ela, com seja o que for que vem junto com o que ela invocou. Ele pagou um tipo de pensão, ele pagou um outro tipo de pensão, ela a amou para conservar as convenções diante do que enxerga como mundo. Os respeitáveis médicos de jaleco branco com mulheres para acompanhá-los nos jantares dos conselhos médicos. Se tivesse se casado de novo, seria com uma mulher desse tipo. Laila era Laila. Nunca arrisque uma outra.

A carta que não pertencia à filha de ninguém foi levada de lugar em lugar, na gaveta, embaixo das malhas, na caixinha indiana onde ela guardava brincos e braceletes, atrás de livros de peças de teatro, Eurípides e Racine, de Shaw a Brecht, Dario Fo, Miller, Artaud, Beckett e, claro, *Marat/Sade* de Weiss, anotada, a herança de Charlotte, jamais lida.

Quando se têm vários caminhos, o debate faz alguém que não é bem quem se quer, aquele que não conta, ser a única pessoa a quem Dizer. Na cama, depois de mais uma noite, depois de fazer amor, guardas baixadas e tensões físicas acalmadas. Dale, o advogado de direitos civis que não trabalhava com a barafunda de um divórcio litigioso, a menos que infringisse os Direitos Constitucionais, disse a respeito: "Rasgue". Quando ela apelou, não era só uma folha de papel — "Faça um teste de DNA". Como fazer isso sem levar todo o baú do passado de volta para o pai.

"Pega um fio de cabelo." Tudo o que é preciso para acompanhar uma amostra do sangue dela. Feito como era mesmo o nome, na Bíblia, a que cortou a barba de Sansão. Como é que ela faria uma coisa dessas, roubar o pai dormindo?

Rasgue. Conselho fácil de alguém que não tinha entendido nada. Ela não fez.

Porém uma circunstância acabou ocorrendo, como se de algum jeito tivesse sido convocada... Claro, era fortuita... Um famoso ator-diretor fora convidado por um teatro local para dirigir uma temporada de peças clássicas e de vanguarda, assumindo vários papéis principais ele mesmo. Era a primeira vez que voltava à cidade onde nascera e que deixara para investir na carreira, disse ele em entrevistas a jornais, rádios e na televisão — há quanto tempo? — ah, vinte e cinco anos atrás. Rendall Harris. Fotos de jornal: o rosto presumido de ator para diversas câmeras, boa-pinta o suficiente na meia-idade avançada, leve esgar de desafio na boca para enfatizar a personalidade, sobrancelhas franzidas logo acima do nariz com jeito de quem acha tudo divertido, um toque de branco nas costeletas curtas. Não dá para distinguir claramente os olhos, na página do jornal. Na televisão, vivos; uma parte do tronco, gestos que se tornam visíveis, o close-up de expressões variadas no rosto, o encontro com o olhar profundo, prolongado, olhos cinzentos, escurecidos por certa intensidade deliberada, quase refulgentemente negros, fixos nos seus, os do espectador. O que ela esperava, um reconhecimento. Dela por ele. Dele, fora da caixa iluminada, por ela. O rosto de um ator atuando.

Não se pode negar que a ideia de que o homem mencionado pela mãe estava circulando pela cidade mexeu com Charlie. Laila era Laila. Sim. Se ela não tivesse se desfeito em fumaça, ele iria procurá-la, lembrar-se-ia dela. Alguma vez teria visto o bebê, a menina estava com dois anos quando ele partiu por vinte e cinco anos. Do que uma menina de dois anos se lembra. Alguma vez teria visto esse homem quando mais jovem, sido absorvida por aqueles olhos extremamente inquisitivos; aceitado.

Estava acostumada a ir ao teatro com os amigos do advogado-amante, embora ele preferisse o cinema, um de seus limitados prazeres que ela podia ao menos partilhar. Todo dia — toda noite — pensava em teatro. Não com Dale. Não sentada ao lado de qualquer dos amigos. Não. Por um irrefletido impulso recorrente, a tentação era de estar lá com o pai, que não sabia que ela sabia o que lhe fora Dito, como com ele naquele sábado, o que lhe fora transmitido pela carta sob os textos de teatro. Laila era Laila. Para o pai e para a filha.

Ela foi no dia em que Rendall Harris faria um dos papéis principais. As críticas falavam maravilhas. Ele era um Laurence Olivier reencarnado no novo século, o XXI, tinha um estilo de atuar desconstrucionista. Ela estava lá atrás na fila da bilheteria quando apareceu o aviso, Casa Lotada. Reservou pela internet para ir numa outra noite, uma poltrona central a três fileiras do proscênio. Viu-se, de alguma forma hostil, no teatro. Ridículo. Ela queria discordar dos críticos. Era isso.

Rendall Harris — como é que se descreve uma atuação que consegue criar, para a audiência, a inteireza da vida de um homem, não apenas da "personagem" pela duração da peça, mas o que ele poderia ter sido antes daqueles acontecimentos escolhidos pelo dramaturgo e o que ele será, vivo, depois. Rendall Harris é um ator extraordinário: homem. Palmas erguidas das mãos que aplaudem como uma revoada de pássaros se levantando. Quando regressou para receber mais aplausos, o resto do elenco ao redor, ela não estava na linha direta de seu olho, como teria ficado se tivesse pedido uma cadeira no meio.

Foi a todas as apresentações nas quais ele atuou. Uma cadeira no meio da segunda fila, na primeira seria óbvio demais.

Ela não era exatamente do fã-clube, mas uma noite se viu entre o aglomerado de pessoas que queriam um autógrafo e que faziam hora no *foyer*, torcendo para que ele saísse do teatro por ali. E ele surgiu, a caminho do bar, com o diretor do teatro, e por um momento, sob o arresto de programas impelidos em sua direção, encontrou por acaso os olhos dela, mais recuada do grupo de fãs — um sorriso de apreço autodesabonador para qualquer pessoa na linha de visão dele, só que esta era ela.

O rosto altaneiro, o andar, o repertório de gestos, as estranhezas das escorregadelas na expressão cênica de personagens características que secretamente reconhecia como sendo ele mesmo se mostrando, tornaram-se familiares para ela. Como se ela o conhecesse e essas intimidades a conhecessem. Sinais. Se inventados, eram quase convicção. E mais ela os ignorava: continuava indo sentar-se em seu lugar na segunda fila. Na bilheteria, vinha a pergunta de sempre, Você tem bilhete para a temporada? Supostamente deveria ter sido adquirido quando foi anunciada a contratação de Rendall Harris.

Pensou consigo, uma carta. Devia isso a ele, pela impressão que seus papéis tinham deixado nela. Seu comando do drama da *vida*, a emoção de estar ali com ele. Com a quarta ou quinta versão na cabeça, a próxima foi escrita. Enviada para o teatro, muito provavelmente foi lida às pressas no camarim, ou no hotel, entre outros "tributos", e de um jeito ou de outro seria esquecida, ou talvez levada de volta para Londres, para entrar na caixa de lembranças que pelo visto todo ator precisa ter. Mas, com ele, sempre haveria aquele irônico travo de lado da boca fotografada.

Claro que ela não esperava nem teve nenhum reconhecimento.

Certa noite, depois de uma apresentação, ela cruzou com alguns velhos amigos de Laila, atores que tinham ido ao serviço *in memoriam*, e eles insistiram para que ela fosse com eles ao bar.

Quando a inconfundível cabeça de Rendall Harris apareceu entre a multidão notívaga, eles criaram uma rápida corrente passando pelas costas dos outros para abraçá-lo, levá-lo, com seu amigo, o diretor do teatro, para o lugar aberto na mesa onde ela fora deixada entre garrafas e copos. Para ela isso foi — levaram-no para uma série de cumprimentos de bar; os amigos, na emoção de ter Rendall Harris entre eles, esqueceram de apresentá-la como filha de Laila, Laila que fizera Corday, naquela produção antiga em que ele fora Marat; talvez tivessem se esquecido de Laila, a melhor coisa a fazer com os mortos se você quer prosseguir com a vida e ignorar perigos como o taxista assassino. Sua carta estava tão ausente quanto a outra, guardada debaixo dos livros de peças teatrais. Um novo conhecimento, apenas o encontro de um ninguém com um famoso. Não inteiramente, mesmo do lado do ator. Enquanto as conversas iam e vinham, sentado quase em frente a ela, o ator achou que seria simpático, do ponto de vista de sua presença especial, atirar algo a uma jovem que ninguém incluía na roda, e não foi difícil encontrar algo para lhe vir à mente: "Você não é a que tem sentado várias vezes bem no meio da segunda fileira, nos últimos tempos?". E depois se uniram no riso, uma confissão dupla, a dela de concentração absorta nele, a dele de estar ciente ou pelo menos de ter ficado ciente de que havia alguém ali que lhe chamara a atenção. Ele perguntou, por cima das vozes dos outros, de que peças do repertório ela mais gostara, que críticas tinha às que não achara grande coisa. Ele citou uma que não tinha sido vista por ela; e a resposta deixou clara outra confissão — ela só tinha visto as peças em que ele atuava. Quando a festinha terminou, saíram todos com interrupções e prosseguimentos sinuosos, respostinhas descaradas e risadas, em direção ao *foyer*, e uma mudança súbita no avanço deles trouxe o gesticulante Rendall Harris de volta, na frente dela — ele se virou ligeiro, com a agilidade de um jovem, e, no que deve ter sido impulso em alguém acostumado a ser natural, encantador apesar da cautela profissional, falou como se estivesse pensando nisso: "Você perdeu um bocado, sabia, é tão lisonjeiro para mim, ter evitado as outras peças. Venha uma outra noite, ou então à apresentação no domingo à tarde de uma peça de Wole Soyinka que deveria ver. A gente come alguma coisa antes de eu levá-la a sua poltrona predileta. Estou especialmente interessado na reação da plateia aos enormes riscos que assumi ao dirigir essa peça".

Rendall Harris se senta ao lado dela, durante a apresentação, com autoridade para lhe sussurrar, de vez em quando, um comentário ou outro, chamando a atenção para esse ou aquele detalhe. Ela lhe contou, com a lasanha do almoço, que era atuária, aquela criatura que calcula e que não poderia estar menos qualificada para julgar a arte de interpretar dos atores ou a arte dos diretores. "Você sabe que isso não é verdade." Dito com uma grave desatenção. Tentador aceitar que ele pressente algo em seu sangue, sensibilidade. Herdada da mãe. Não é o momento para lhe dizer que é filha de Laila, embora leve o nome do marido de Laila, pelo qual Laila não era conhecida.

Mas que tipo de charada era aquela? Fora desenvolvida por como é que é aquela palavra comprida, "partenogênese", simplesmente crescera feito Topsy?* Você sabe que isso não é verdade.

Ele providenciou para que ela fosse sua convidada pelo resto da temporada, nas peças em que fazia o papel principal. Era aceito com naturalidade, sem perguntas, que ela iria aos bastidores, depois. Às vezes, ele a incluía em outras reuniões do elenco, "entre pessoas da sua própria idade", aceitando de maneira oblíqua a sua, velho o bastante para ser pai dela. Legal. Pelo visto ele não tinha filhos, adultos ou não, não falou de nenhum. Seria

---

* Referência à escrava Topsy, personagem de *A cabana do Pai Tomás*, romance de Harriet Beecher Stowe, publicado originalmente em 1852. (N. E.)

gay? Agora? Será que um homem troca de preferência sexual, ou literalmente abraça as duas. Assim como interpretava de forma tão surpreendente e elétrica com a voltagem da vida de seres criados só com as palavras de Shakespeare, Strindberg, Brecht, Beckett — você os cita a partir dos livros que seguram a carta que conta do sábado. "Você parece entender o que eu — nós — os atores se arriscam em termos absolutos, se matam tentando atingir, a identidade última do que é conhecido como personagem, nos esmigalhando para que a criação assuma. Você nunca se sentiu tentada a experimentar? Nunca pensou em interpretar?" Ela respondeu: "Sei que um atuário é a antítese absoluta disso tudo. Não tenho o talento necessário". Ele não fez nenhum esforço para consolar. Não encorajou magnanimamente, por que não tenta. "Talvez tenha razão. Nada como o fracasso de um ator. Não é como a maioria dos fracassos, não acontece só dentro de você, acontece na frente de uma plateia. Melhor ser você mesma. Você é uma jovem bem interessante, tem profundidade, não sei se você sabe disso — mas acho que tem."

Como toda jovem sexualmente atraente, tinha experiência na compulsão quase sempre patética que os homens de idade têm de se aproximar delas. Alguns desses homens são eles próprios atraentes, ou porque conservaram a promessa de vigor, bocas com os próprios dentes, traseiros musculosos dentro do jeans, papada nenhuma, bons olhos que já viram o suficiente para partilhar, ou então porque são conhecidos, ilustres, bem, sim, até mesmo ricos. Esse ator cuja duradoura beleza masculina é um atributo de seu talento provavelmente é mais desejável hoje do que quando era um novato Marat na peça de Peter Weiss; em todos os papéis que fez, surgiu do risco com uma identidade fortemente enriquecida. Embora não haja razão aparente para que não faça o jogo de hábito na direção dessa jovem, não há sinal de que esteja fazendo. Ela conhece os passos; eles não estão sendo dados.

A atenção é algo mais. Entre eles. Seria isso uma pergunta ou um fato? Eles não saberiam, correto. Outra coisa muito simples é que ele a recebe como a uma brisa que vem com sua temporada estrangeira, em sua velha cidade natal; parece refrescá-lo. Pessoas famosas têm protegidos; mesmo que sejam o que ele toma como parte habitual de sua múltipla e sensível recepção pública. Ele comentou, óbvio que para ter sua vontade satisfeita, que queria se aventurar, que queria voltar para uma região do país que sempre o deixava emocionado, quando criança, queria escalar por lá, onde havia enormes árvores espinhudas todas cobertas de flores vermelhas — era a estação errada, as flores não teriam desabrochado ainda nessa que era seu tipo de estação, mas ela o levaria até lá; ele aceitou na hora a tímida oferta e deixou o elenco sem sua presença por dois dias, em peças que não eram aquelas nas quais interpretava o papel principal. Escorregaram e subiram até os picos dos quais ele se lembrava e, à noite, na pousada, foi reconhecido, acatou o inevitável, autografou folhas de papel e, em particular, comentou com ela que havia sido tomado por um astro pop do qual nunca tinha ouvido falar mas que deveria reconhecer. Sua vitalidade inconsciente revigorava todos a sua volta, onde quer que estivesse. Não espanta que sua direção fosse tão inovadora; os críticos diziam que as peças clássicas, mesmo os esteios da dramaturgia grega, eram recriadas como se a sua fosse a forma com que as peças deveriam ter sido montadas e nunca foram. Não era à sua sombra que ela estava — era sob sua luz. Como se tivesse recriado a si própria. Ele era bem-humoradamente crítico à custa dos outros, de modo que, com ele, ela se sentia livre para pensar — e dizer — o que ela percebeu ser o peso das pessoas com quem trabalhava, a previsibilidade entre sua roda de amigos, que em geral ela tolerava sem mexer nas feridas. Não que ela visse muito os amigos, no momento. Fazia parte do elenco de bastidor. Uma recruta na família de atores, na hora do almoço na lanchonete, informada das bisbilhotices, das caçoadas ao ator-diretor que tirava tanto deles, incentivando seus ávidos talentos. Os jantares regulares de Charlie com o pai, muitas vezes adiados, eram contidos, ele percebeu isso nela; não havia muito o que falar. A menos que ela quisesse exibir seus novos amigos.

Veio-lhe aquele velho impulso, indesejado, de ir com ele ao teatro. Suprimido. Mas voltou. Sente-se com ele para ver o outro comandando o palco. Para quê? Iria resolver, ela era Charlotte, não Charlie.

Soterrado sob o peso dos livros, lá veio — Charlie disse "Vamos ver a peça que está tendo tantas resenhas maravilhosas, eu compro os ingressos". Ele não objetou, esquecido de quem era Rendall Harris; quem sabe.

Ele levou-a ao bar, depois, falando da peça com considerável interesse — fazia muitos anos que não via Beckett, a peça envelhecera bem, não parecia datada. Ela não queria ficar, insistiu que era tarde, não, não, não queria tomar nada, o bar estava cheio demais, mas ele a convenceu, gentilmente, não vamos demorar, estou com sede, preciso de uma cerveja. O ator principal estava em meio a uma salva incessante de elogios por sobre as bebidas, movendo-se entre as saudações de admiração. Conversou com punhados de gente antes de chegar neles.

"Rendall, meu pai."

"Meus parabéns. Atuação maravilhosa, os críticos não exageraram."

O ator — ele descartou os louvores como se já tivesse recebido o suficiente de gente que não compreendia o que a interpretação de Vladimir ou Estragão envolvia, o (como era mesmo a palavra que ele usava sempre) risco. "Eu não me senti inteiro, esta noite. Estava faltando um compasso. Charlotte, você me viu atuar melhor, hein, minha querida." O pai pegou o copo, mas não bebeu. "A última vez que vi você foi numa peça que se passava num asilo. Laila de Morne era Charlotte Corday."

O pai dela tinha Dito.

"Claro que você sempre entra na hierarquia da crítica pelo jeito como atua nos clássicos, mas eu me fascino mais com as coisas modernas, teatro-movimento, com os papéis que posso tirar do zero. Já sentei em banheiras vezes demais, esfaqueado por Charlotte Corday..." A projeção da risada autodepreciativa que desarma.

Ela disse o que não tinha Dito, que ainda não tinha achado a hora e a situação certas para contar. "Laila de Morne é minha mãe." Nada mais a ser descartado no modo pretérito, a não ser o espetáculo no asilo de Sade, onde ela fora a Charlotte Corday de seu Marat. "É daí que vem meu nome." "Bom, você obviamente não é uma Charlotte para carregar uma faca, estragar sua linda aura com ela e assustar os homens em volta." Sobrancelhas erguidas como se, penosamente, uma delas, truque do repertório de ator, impugnado momentaneamente — mal recebido — pela entrada daqueles olhos nos dela, diamantes negros com a intensidade que era seu talento convocar, reivindicação de acessório de cena feita para ser liberado na hora, a seu bel-prazer.

Laila era Laila.

Quando se calaram, na pausa de um farol de trânsito, ele tocou a nuca de Charlie com o escudo aberto de sua palma, o afago despercebido usado sempre que a levava de carro até o colégio interno. Se por motivos próprios ela estivesse de qualquer maneira perturbada, não cabia a ele sondá-la. Ela iria deixá-lo na porta do prédio, mas quando parou na entrada, abriu a porta do seu lado, como ele havia feito, e aproximou-se dele na rua. Ele se virou — o que foi. Ela balançou a cabeça: nada. Ela se aproximou e ele viu, sem entender, que tinha de abraçá-la. Ela o segurou, ele beijou seu rosto e ela apertou o rosto nele. Nada a ver com DNA.

FINAIS ALTERNATIVOS

Questionado sobre como um escritor de ficção faz as personagens que imagina adquirirem vida, Graham Greene disse que os escritores criam existências alternativas para pessoas encontradas pela vida, gente com quem você se senta, que trava diálogos amorosos ou briguentos numa praia, num bar, que sorriem em vez de chorar num funeral, que gritam em comícios políticos (exemplos meus).

Um escritor também apanha uma vida imaginada num determinado estágio do ciclo humano e a larga em outro. Nem mesmo uma história que vá do nascimento à morte é decisiva; qual consórcio, e de quem, provocou a entrada, quais consequências se seguem à saída — essas são uma parte da história que não foi escolhida para ser contada. A continuidade da existência tem de ser seletivamente interrompida pelo sentido da forma que é a arte. Em especial, quando terminamos uma história, ela termina Desta Forma, essa é a escolha do escritor segundo o que lhe foi revelado da personalidade, das reações conhecidas, das emoções, do sentido do *eu* nos indivíduos criados. Mas não poderia ter terminado Daquela Forma? Não poderia o momento, o evento, a realização, terem sido recebidos de modo diferente, significado outra coisa para o indivíduo, algo em que o escritor não pensou, que ele não intuiu. Não obstante quão cumulativa, decisiva, até mesmo óbvia, seja a situação, não poderia ter havido uma resolução diferente? Desse jeito, não daquele. Há escolha na imprevisibilidade dos humanos; a forma de narrar histórias é arbitrária. Existem finais alternativos. Experimentei-os, aqui, por mim mesma.

O primeiro sentido

Os sentidos [são] "geralmente tidos como cinco — visão, audição, olfato, paladar e tato".

Oxford English Dictionary

Ele tem de ganhar a vida como pode.

Era um jovem doutorando de Budapeste — isso quando eles emigraram por motivos que não interessam a ninguém; são tantas as levas de europeus, de brancos se mudando para o país dos negros. Se nesse caso a instância era escapar do comunismo ou do regime que o sucedeu na Hungria, ficou tudo longe demais. Não demorou para que o país de adoção passasse por uma reviravolta política própria; vitória, e os diferentes problemas não divisados que surgiram preocuparam a população havia muito programada para se ver apenas como negra e branca. Quanto às oportunidades profissionais que o imigrante espera de uma nova terra — que universidade teria condições de nomear um professor fluente em nível acadêmico apenas numa língua longínqua, com capacidade de falar outra — alemão — bem o bastante para dar aulas onde isso fizesse parte do currículo de línguas europeias, num país que, por si só, era uma Torre de Babel: onze línguas oficiais, depois da mudança de regime.

Forçado pela solidariedade natal, alguém de uma geração

mais velha de imigrantes, cujos filhos haviam sido concebidos e nascidos na África do Sul, deu um jeito para que o novo imigrante fosse empregado pelo próspero supermercado do filho. Department Stores. Ferenc virou Fred.

É uma vida até que boa. O salário é modesto; aquilo que se poderia esperar para a classe operária. Era um comerciário; gerente de almoxarifado, com uma equipe de jovens assistentes negros adernando carrinhos lotados até a boca graças a músculos esplendidamente poderosos resultantes dos jogos de futebol. Curiosamente — um homem instruído deveria ter a vantagem de aprender com facilidade uma nova língua que ouve ser falada todos os dias a sua volta —, o inglês dele nunca foi além do vocabulário coloquial dos diálogos de supermercado. De modo que subir a algum nível de atividade, mesmo comercial, se não intelectual, à altura de qualquer carreira que ele pudesse ter tido no lugar de onde vinha se esfacelou como promessa, como possibilidade. Ela — Zsuzsana —, que não tinha feito mais que a escola básica numa pequena cidade húngara, aprendeu a língua com facilidade; talvez por força de ter sido ensinada a costurar segundo os rígidos parâmetros do papel feminino impostos pela avó, recorreu habilmente à costura para ajudar nas despesas da casa. Tornara-se fluente para poder falar a língua das clientes e elogiar-lhes a aparência. O filho nascido do casal imigrante (ambos achavam não haver jeito melhor de se afirmar num novo país) estudou numa escola onde professores e colegas falavam inglês. *Peter.* Um nome comum em vários países, distinguível apenas pelas pronúncias diversas. O menino e a mãe papeavam em inglês, em casa. O magiar, como o latim nas igrejas, pertencia a um contexto especial, sussurros ditos nas ocasiões em que faziam amor.

Nos primeiros anos, Ferenc ainda tinha amigos lá, que lhe mandavam jornais. Porém ler, aqui, o que estava acontecendo na Hungria, o que o povo exigia de qualquer que fosse o novo governo, o que era discutido nos intermináveis foros dos cafés de Budapeste, ficou distante, abstrato, sem a visão que acompanha o fato, a consciência de um lugar conhecido. Era o reverso de olhar antigas fotos, reconhecer o lugar em que haviam sido tiradas e não ter lembrança de quem eram as pessoas. Era Fred, dirigindo seu carro coreano através de uma imensa ponte suspensa — batizada com o nome do grande herói do país, Mandela —, de repente cruzando de Buda até Pest por sobre o seio luminoso do Danúbio e não por entre a confusão de trilhos de trem que a ponte do herói recobre. Budapeste. A luz da água estava em seus olhos, a característica dos rostos vinha a seu encontro. Esteve ali pelos instantes da travessia, foi reconhecido, reivindicado pelas fachadas, a perspectiva detalhada das ruas erguendo-se do rio dos rios. Ele *viu*. Como ele nunca vira em qualquer outro lugar.

Sua empreendedora e trabalhadeira mulher tinha mais clientes do que poderia "pegar", como dizia com sua rápida aquisição do fraseado das clientes, da visão que tinham de si mesmas, do uso excessivo da palavra "querida" para pontuar o que o decote, o que o exíguo pano da saia, ali, no espelho, "fariam do que eu tenho de melhor para dar, querida". Elas ficavam para um café, depois de experimentar a roupa. Ao contrário de um homem, uma mulher, em sua diferença, em sua imagem estrangeira, é atraente para as mulheres locais, não precisa se adequar a essa ou àquela norma. O nome dela não foi traduzido para algo menos exótico. O apelido de Zsuzsana, "Zsuzsi", pelo qual era conhecida desde a infância, soava como o conhecido "Susie", tão comum em inglês. Um vestido de noite, um terninho feito por Zsuzsi trazia um certo não sei quê de glamour europeu que não podia ser comprado pronto. Ela tinha uma assistente para passar as costuras a ferro e fazer as barras, uma jovem negra, assim como ele tinha sua equipe de músculos para manejar os carrinhos.

* * *

Foi através de seu relacionamento simpático com as fregue-
sas que aconteceu.

Assim como as mulheres para cuja imagem ela costurava
tinham a tendência de pegar alguém fora de seu círculo social
e confidenciar coisas sobre suas vidas, ela também foi levada a
confessar, não sem antes tomar a precaução de garantir que era
um privilégio fazer lindas roupas para a confidente presente, que
estava cansada de trabalhar em casa. Não tinha sido feita para
isso; deixava a cargo da imaginação o que podia ser isso. As circunstâncias a mantinham fechada para o mundo. Ela estava "até
aqui" — bem como as mulheres diriam, só para seu improvável
ouvido, da filha viciada em drogas ou do segundo marido, mais
difícil que o primeiro. A mãe daquela filha era uma que não tinha queixas do marido, na verdade sentia orgulho de ter arranja-
do um homem que, segundo acreditava, fazia jus a suas qualida-
des. Entre as quais a disposição para ajudar os outros, com a qual
seu competente marido, na indústria da construção, concordava. Talvez fossem bons cristãos, ou bons judeus. A firma dele
era especializada em restaurar grandes mansões em ruínas para
os novos-ricos que aspiravam ao poder e prestígio do Dinheiro
Velho que tais mansões traziam à mente. Para ela, foi facílimo;
tinha a simpática noção de que a personalidade e a aparência
de Zsuzsi poderiam contribuir para a venda das casas — havia o
óbvio selo de uma formação europeia, as imagens palimpsésticas
de familiaridade com ambientes culturais muito acima dos padrões do local. O marido apresentou a encantadora Zsuzsi a um
corretor de imóveis seu amigo que concordou em lhe dar uma
chance, depois de lhe garantirem que seu inglês era fluente, até

mesmo vantajosamente distinto do blá-blá-blá de hábito dos corretores, acrescido de um ou outro floreio continental — como o sotaque não era alemão, talvez fosse francês. Ela parecia boa. Bem, continue assim. Foi mandada para uma seção Classe A da Imobiliária, bairros antigos, do início da era dos magnatas do ouro, cujos casarões atraíam a mais recente geração de brancos com dinheiro, não por motivos políticos e sim estéticos, que não devem ser mal interpretados no fundo e na forma como nostalgia pela perdida supremacia racista dos brancos. A outra atividade Classe A da Imobiliária era nos locais onde o emergente *jet set* negro procurava por casas no estilo Bauhaus e por *haciendas* californianas, que haviam sido a última palavra para a derradeira geração de brancos no poder, os depostos, muitos dos quais pegaram seu dinheiro e foram para a Austrália ou o Canadá, onde já se lidara eficazmente com os aborígines e os peles-vermelhas.

Ela trabalhava duro, no entender dele, que saía do almoxarifado do Stores à mesma hora todas as manhãs e voltava à mesma hora todas as noites, nos dias de semana. Mais ainda que na época em que ficava na máquina de costura com seus zumbidos, paradas súbitas e recomeços que acompanhavam os domingos, ele lendo os jornais do país e suas obsessões políticas particulares, vindas de uma história da qual não fazia parte, de cenas que não podia visualizar, e o filho, fascinado, imitando os berros e uivos dos heróis e vilões vistos na televisão. Não existe hora para se vender uma casa. Compradores e vendedores em potencial esperam que o corretor esteja ao seu dispor à noite e nos fins de semana, sempre que for conveniente àquele que está no mercado, por assim dizer. Ela não poderia de jeito nenhum objetar com uma inconveniência pessoal: "Meu marido está me esperando para fazer o jantar", sugeriu ele, rindo com a presunção de que a vida de uma corretora pudesse ser comparada à do cliente. Você não precisa ser um filósofo para saber que imigração significa aceitar as condições todas, se quiser sobreviver. Ele e Peter, garoto mais prestativo, preparavam a refeição, fritavam ovos ou esquentavam o *goulash* que ela congelara depois de prepará-lo numa manhã qualquer — nem sempre tinha chance para fazer tarefas assim, alguns clientes querem ver casas antes de ir para o escritório, tribunal ou consultório médico. E é verdade que essa é uma boa hora para levá-los, fazê-los ver uma excelente casa à luz fresca da manhã, como um rosto que pode estar fadado a se tornar familiar, de propriedade sua. Clientes que marcam visitas no final da tarde tendem a prolongá-las até a noite, especialmente, ela aprendeu e contou a ele, se as coisas estivessem indo bem, ela pressentia o interesse do cliente numa propriedade ir aumentando; vantagens poderiam ser tiradas daí, tomando um drinque no bar de algum hotel elegante. Se ela chegava das outras casas só depois que a refeição que pai e filho faziam estivesse fria e engordurada, não importava, o contrato estava selado. Ele esquentava a comida para ela. Ela sorria para ele, quase com nervosismo, para agradecer: a comissão sobre a venda de um imóvel tão caro seria mais do que ela, sem qualificação para nenhuma profissão, poderia esperar ganhar de qualquer forma, em qualquer lugar.

O dinheiro que ela estava trazendo facilitava alguns luxos na vida deles. Peter tinha os ótimos equipamentos esportivos que tanto queria, o velho carro foi trocado por um modelo usado, porém mais recente, e agora era de uso exclusivo de Fred — a Imobiliária fornecia a Zsuzsi um carro que dava aos clientes a confiança de um nível salarial alto o bastante para que pudessem informá-la de suas próprias expectativas. No entanto, os fundos não davam para providenciar maiores mudanças de vida — ela tinha de gastar um bom dinheiro para ficar bem-vestida (tempo nenhum para roupas feitas em casa), bem cuidada, visitar um salão de beleza caro, inclusive manicure, as pessoas reparam em mãos proletárias como sinal de limitações. Claro que ela tinha a sorte de ser bonita, a base correta para ser apresentada por métodos assim tão excepcionais.

Faziam um belo casal quando se presumia, em certos momentos, que maridos, mulheres e parceiros gays do pessoal da Imobiliária se juntariam para a obrigatória festa de Natal ou para algum coquetel marcando o progresso dos negócios. Para além dessas ocasiões, ele não conhecia bem o bastante os parceiros dos colegas de Zsuzsi para descobrir que tópicos haveria em comum para conversar; a não ser os eventos esportivos. No país, até as mulheres partilhavam da *lingua franca*. A paixão do espectador pelos esportes de equipe é a única religião universal. Seus fiéis partidários estão por toda parte; ele fora um centroavante no futebol, quando estudante em algum outro lugar, mas a ladainha ainda valia; ele acompanhava os jogos locais e internacionais e podia dar todas as respostas. Havia almoços entre corretores, com interesses profissionais para serem discutidos "em casa"; de todo modo, a parada para o almoço no supermercado não permitia hábitos tão pachorrentos. Fred comia na cantina, ou então pegava alguma coisa mais do seu gosto na seção de frios, quando havia presuntos e linguiças temperadas importados da Itália e de outros países europeus. Zsuzsi disse sim, é uma boa ideia, quando ele sugeriu, depois de mãe e filho terem passado uma meia hora feliz e barulhenta caçoando um do outro em gíria inglesa sul-africana, que deveriam falar um pouco com o menino, todos os dias, mesmo que fosse durante a refeição, em magiar. Para que ele aprendesse. Só que durante a refeição não foi a escolha mais adequada, o menino se sentia cansado depois de um dia todo de escola, brincadeiras e deveres de casa. Ela não tinha outro momento livre.

Ele começou a falar a língua deles com o filho sem explicação nenhuma, enquanto estavam absorvidos nas coisas que os pais são levados a fazer por filhos pequenos — construir com kits plásticos de montar, articular o corpo de monstros espaciais operados por pilha. O menino falava, sem se dar conta, a palavra em magiar para "perna", "rosto", usava os verbos "voar" e "atirar". Mas se ressentia porque a criatividade que queria partilhar com o pai estava se transformando numa outra espécie de dever de casa, quando o pai tentava fazer com que ele pusesse as palavras numa frase, repetindo-a como saía na voz do pai. De repente ele dava um chute na criação semiterminada, esparramava as armas e o capote do monstro, rindo enraivecido.

As fotos que tinham sido levadas na bagagem da emigração e se dispersaram em algum lugar da imigração: quando foram mostradas ao menino para que ele pudesse materializar as palavras, fazê-las voltar à vida em imagens — "Essa é nossa casa" —, ele não estava muito atento. "Nossa casa não é assim." "É a minha casa, onde eu morei quando era do seu tamanho. Um menino." Claro, a torrinha e a balaustrada pareceriam, a ele, imagens de um livro de contos da carochinha — só que nessa geração ninguém mais lê Grimm para as crianças... ele não teria sequer essa visão para comparar.

Aos murmúrios noturnos ouvidos na genuína intimidade da língua materna, Zsuzsi não se dava conta de que respondia mansamente em inglês. Bem. Ela tinha passado o dia inteiro falando naquela outra língua essencial, mostrando a clientes em potencial as características de moradias que, ainda que maiores, eram exatamente como as imagens conhecidas que o garoto tinha; entre as quais nascera.

Zsuzsi foi tendo cada vez mais sucesso. Talvez "tivesse sido feita" para *isso* que ela não conseguiu definir, quando sentiu que estava farta de ser a pequena costureira das senhoras. Era a prova de que se há algo em você que não é reconhecido, para o qual a situação política e a ordem econômica não têm lugar, de onde você vem, existem oportunidades de realizar seu potencial, construir para si uma vida, com o kit de valores de uma outra sociedade. Ela investiu parte das altas comissões recebidas na bolsa, sob o conselho ladino de corretores de valores que achavam que deviam a sua sensibilidade e esperteza nativa (esses europeus do Leste) a leitura de suas ambições, a condição calculada, o encontro da imagem material, a declaração de um lar que anunciaria isso, de forma tão inegável quanto a raposa tem seu covil para distingui-la e um porco rico seu chiqueiro. Fred não podia tirar folga do supermercado no Natal, quando Peter estava de férias e a Imobiliária mais ou menos às moscas pela ausência de clientes — velejando ou no exterior, em países com neve, esquiando. De modo que levava Ferenc e Peter a um Club Méditerranée numa ilha do oceano Índico numa outra época do ano, quando a disponibilidade de todos eles tornava isso possível — um dos regalos que ela providenciava.

A Imobiliária estava atenta às oportunidades de progredir com a mudança nas restrições da legislação financeira, que passou a permitir à população do país comprar propriedades no exterior, algo que fora ilegal durante várias décadas. Zsuzsi voltou; não aos países banhados pelo Danúbio e sim à França, Espanha, Inglaterra, com diversos outros colegas da Imobiliária, pelo visto, para fazer contato com casas famosas como a Christie's e a Sotheby's, numa cooperação que visava encontrar propriedades para clientes interessados num *pied-à-terre*, quando não num castelo na Espanha. Ela voltava com camisetas para o filho, mostrando vistas famosas, Gaudí em Barcelona, o Parlamento britânico em Londres, e CDs produzidos pelas últimas bandas de *rave*. O garoto não perguntava qual era a identidade do que seria mostrado em seu peito. Os CDs o deixavam maravilhado. Estava mais velho agora, e fazia o dever de casa grudado a fones de ouvido que o acompanhavam com os sons dos diferentes tipos de música pop — como é que ele poderia se concentrar? Mas a mãe disse, achando graça, não podemos viver no passado, dizem que até as vacas dão mais leite quando se toca música perto delas.

Mas é de Mozart. Ferenc surgindo do aprisionamento de Fred, corrigindo uma citação incompleta.

Sua Zsuzsi tinha — o quê? — uma espécie de consciência da injustiça, se bem que não fosse culpa sua — a distorção social de praxe da emigração atirara alguém com doutorado no almoxarifado de um supermercado —, de ele não ter conseguido se safar, como quando se mudaram para coisa melhor, achada por ela, e deixaram para trás, na casinha que foi o primeiro abrigo deles na África, a máquina de costura. De novo, através da ajuda de contatos de clientes, dessa vez da Imobiliária, em algum momento em seus sucessos ela insinuou para ele que talvez houvesse algum cargo — bom, com a educação dele — no que os clientes chamavam de escalões de aconselhamento dos grandes negócios. Eram firmas que queriam passar para os empreendimentos mundiais. Ele não poderia fazer uma espécie de pesquisa sobre o que eles queriam?

Ele não era economista.

Em algum lugar dentro dela estava enterrada a mocinha de cidade pequena que via a distinção do doutorado obtido em Budapeste como uma Árvore do Conhecimento, frutífera em todos seus galhos. Ele se emocionou com essa nova visão que teve dela; vívido retrato de como ela se apresentava, que era o que *ela era*, ser essencial levantando-se para dançar, pertencendo às imagens de músicos sacudindo freneticamente os cabelos, corpos se mexendo, membros articulados como um arranjo de Picasso, sob uma roda de luzes girando no teto de uma espelunca noturna à qual ele a tinha levado na época de estudante.

Ela bem que tentou outras possibilidades para ele; mas não

deram em nada. Parece que uma das iniciativas veio de um cliente não para quem Zsuzsi tinha encontrado uma casa ideal, e sim que vendia uma, a dele, com sauna, piscina, apartamento de hóspedes e estacionamento seguro para três carros, para a qual ela achara um comprador disposto a pagar o preço pedido, que outras imobiliárias tinham dito ser altíssimo, impossível de ser atingido. Tratando triunfalmente a corretora pelo primeiro nome, estendeu a suposição ao marido, convidando Zsuzsi e Fred para um jantar na muito bem avaliada casa, antes de vagá-la. Por qual razão e para onde em seguida, ainda que Zsuzsi soubesse, não caberia a Fred perguntar e Ferenc não estava interessado. Zsuzsi mostrou-lhe a casa. O que ele viu foi que a casa era, na verdade, bela, um interior expressando o que deve ter sido a sensação de alguém do que seu conteúdo, dele, dela — deles —, teria de ser: os olhos cruzavam com objetos benfeitos de uso diário, e com prazeres visuais — o panorama visto das portas abertas, bem como os desenhos de artistas europeus — Dufy e Braque, litografias provavelmente — confiantemente postados ao longo das afirmações tridimensionais de esculturas africanas de madeira. Mas essa visão poderia muito bem ter sido da mulher, Zsuzsi uma vez comentara que ele era divorciado, ou talvez tivesse dito que estava se divorciando.

Portanto, esse era o tipo de cena, de pano de fundo para a vida em que ela — sua Zsuzsi — se movia todos os dias. De imóvel para imóvel, cozinhas reluzentemente equipadas como, quem sabe, uma sala cirúrgica, quartos imensos interligados, escadaria larga, bar, pátio. Ele nunca vira isso antes, mas era dela. Ligação com o supermercado. Os aspargos e a lagosta servidos ao jantar por um negro de paletó branco provavelmente tinham vindo da câmara refrigerada para legumes delicados e do freezer, onde outros negros transportavam fardos em trajetos sinuosos, com o gerente do almoxarifado em seu cubículo vigiando tudo.

O sujeito tinha espaço para um barco, além de três carros, na garagem. Também tinha um filho jovem, disse Zsuzsi, e achava que seria boa ideia se Peter fosse velejar com ele e o filho num domingo qualquer. Peter ficou entre excitado e duvidoso: eu não conheço os dois. A mãe foi com ele para vê-lo numa nova atividade. O barco era pequeno, o pai não foi, nem nesse nem nos outros domingos, quando os mesmos quatro saíam para velejar por um trecho da represa, não era um rio, durante a temporada. Quando Zsuzsi viajava, era obrigada a ir para o exterior com frequência — numa delas a maior companhia de turismo alemão a nomeou sua representante na África do Sul —, Peter e o pai faziam coisas juntos; ele imaginava passeios como visitar o museu da origem do ser humano, mas seu único sucesso, para divertir de fato o garoto, era o espetáculo ao vivo de um jogo de futebol. Não conseguia imaginar o pai lá, num dos jogadores, como lhe tinha sido apontado, no campo, a mesma posição que o pai ocupava, olha, aquele jogador ali. O menino viu-se *a si mesmo* crescido, de calção de cor vibrante, chuteiras, o rosto intensamente corado daquele homem. Ali.

Havia uma figura esculpida numa pequena mesa, próxima da cadeira onde sentava para ler ao voltar do supermercado, à noite, quando ela viajava. Era um dignitário de barriga entalhada com elementos decorativos, descansando sobre as pernas cruzadas numa espécie de altar de pouca altura, com a beirada oval saliente, vazia da oferenda para a qual existia. Levantado da mesa, por baixo via-se uma inscrição na madeira. Rei Lukengu Tribo Bakuba Província de Kasai. Se erguesse a vista do livro, ele o veria; ou seria visto por ele. Era um presente do cliente que os convidara para o jantar de despedida. O olhar semicerrado.

Ela deve ter vendido muitas outras casas, antes do resultado dessa aparecer. Uma noite, na volta de uma viagem que anunciara como uma conferência de fim de semana num centro fora da cidade, ela disse Ferenc, precisamos conversar. Ela apanhara o jargão coloquial de seu mundo de vendas, assim como adaptara seu jeito de se expressar entre os "querida" esparramados pelas senhoras que iam experimentar roupas. "Precisamos conversar" era eufemismo para crise, algo difícil de dizer. Zsuzsi se decidira pelo divórcio. Havia tentado algumas outras — como ela dizia — soluções, de algum jeito. Porém no fim. É. Bom, eles dois eram bem jovens, naquele tempo... não sabiam, de fato, como é que estariam... Se não tivessem sido obrigados a partir — ela parou. Ele esperou. Se não tivéssemos emigrado, talvez. Ele não interrompeu, mas era como se tivesse; Sim? Se ainda continuássemos lá, talvez nos pegássemos seguindo pelo mesmo caminho, os dois juntos. Uma mudança de tom, acusando a si mesma: Talvez devêssemos ter ficado. Quem sabe.

Talvez. O homem com quem ela estava agora, quiçá o dono da casa que ele tinha visto, quiçá o comprador ou o vendedor de uma outra. Ela visitava — essa é a palavra, os clientes são levados a visitar o que há em oferta —, caminhava de aposento em aposento, tantos lugares prováveis para ela, quarto do tamanho de um salão de baile com ampla cama drapeada, soltando um vago cheiro de perfume e de sêmen da imagem de como seria fazer amor lá. A sauna do banheiro e a cadeira de massagem pronta para começar a tremer. A cozinha com o rosto do cozinheiro negro entre utensílios brilhantes. Zsuzsi tinha encontrado seu lar.

Ele está no exílio.

O segundo sentido

Os sentidos [são] *"geralmente tidos como cinco — visão, audição, olfato, paladar e tato".*

Oxford English Dictionary

Nunca se ressentiu por ele ter se tornado músico e ela não. Mal dava para dizer que sua atuação na flauta era vocação. Inveja? Apenas orgulho pela façanha para a qual ele nascera. Ela se senta diante de um computador, num escritório do serviço municipal, ganhando sob condições até que agradáveis um salário que ao menos fornece regularidade às necessidades básicas, ao passo que a remuneração dele, pelo privilégio de ser violoncelista da orquestra sinfônica, às vezes vem acrescida por alguma apresentação de música de câmara, às vezes não; e, no verão, fora da temporada da orquestra, ele dependia desses ganhos extras.

A vida social dos dois se restringe ao círculo profissional dele, colegas músicos, críticos de música, aficionados cujas ligações garantem entradas gratuitas, famílias de músicos em meio às quais grande parte dos integrantes da orquestra cresceu, mães professoras de piano ou cantoras de coro, pais organistas de igreja. Quando alguém se lembra de lhe conferir a atenção polida obrigatória, por meio da pergunta O que você faz?, e ela responde, fica claro que todos se questionam sobre o que teriam em comum ela e o violoncelista com quem se casou. Quanto ao que lhe dizia respeito, descobriu ainda adolescente — época para descobrir as limitações dos pais — que seu alegre pai, com sua loja de esportes, o vigor enganoso como uma qualificação para aquele tipo de comércio, e a mãe, a trocar informações com as amigas sobre moléstias do sistema reprodutivo feminino, da concepção até a menopausa, não tinham em si o entendimento do que era que ela Queria Fazer. Um passeio da escola a levou até um concerto onde, aos dezesseis anos, ouviu, saindo de um tubo delgado preso a lábios humanos, o chamado da flauta. Muito tempo depois, foi capaz de identificar a memória auditiva como o Concerto para Flauta nº 2 em Ré, K. 314. Entrementes, atribuir importava tanto quanto saber o nome de um pássaro desconhecido escondido no quintal dos pais, a gorjear com emoção. A professora que arranjou o evento cultural foi compreensiva o bastante para colocar a menina em contato com um grupo musical da cidade, composto de jovens; ela trabalhava de babá, nos fins de semana, para pagar o aluguel de uma flauta e começou a tentar aprender a produzir, com ar e os próprios dedos, o som que escutara.

Ele estava entre os Jovens Intérpretes. Seu instrumento era a própria antítese da flauta. Quando finalmente se conheceram, parte da linguagem da atração precoce era uma espécie de diálogo rápido entre eles, exibicionista, cheio de gírias, infantil. Os sons que ele tirava daquele violinão entre os joelhos: o mugido dorido de uma vaca doente; o raspar de uma serra sem corte; um longo peido. — Desculpe! — ele dizia, com um cômico erguer das sobrancelhas e a boca revirada para baixo. Seu instrumento era o violoncelo, de segunda mão, como a flauta dela, doada aos Intérpretes por algum velho senhor ou senhora que deixara para trás o que não interessava aos descendentes da família. Alaric cuidou dele de maneira tão sensual que, se ela não fosse tão jovem e tão inocente, poderia ter lido como augúrio de como começaria seu amor. Em um ano, o talento excepcional dele foi reconhecido pelos profissionais que atendiam os jovens músicos voluntariamente e o violoncelo foi declarado seu, não mais um empréstimo. Tocavam juntos, quando sozinhos, para se divertir e, secretamente, imaginavam que já estavam na sala de concertos, a cadência forte e grave vinda do corpo castanho-dourado do violoncelo fazendo, por contraste, a voz da flauta soar mais como um guincho de camundongo do que teria soado em um solo. Com o tempo, ela atingiu certo nível optativo. Ele não podia mentir para ela. Os dois, com a cumplicidade dos amigos dele, haviam encontrado um lugar onde podiam fazer amor — para ela pela primeira vez — e, devido a um compromisso com a sinceridade que sobrepujava a idade, ele não conseguiu enganá-la e deixar que sofresse a desilusão de insistir numa carreira que não estava aberta para seu nível de execução. Ela já tinha ficado magoada, espantada, ao se ver substituída por outras jovens flautistas, quando os *ensembles* eram selecionados para apresentações em público feitas por "talentosos músicos do futuro".

Você sempre terá o prazer de tocar o instrumento que mais ama. Ela jamais esqueceria o que tinha dito: O violoncelo é o instrumento que eu mais amo.

Já tinham crescido o suficiente para deixar fosse lá o que lhes diziam ser o lar, os pais. Trabalhavam como garçons num restaurante, ele dava aulas de música na escola, encontraram um quarto e sala na parte mais decadente da cidade, onde a maioria dos brancos tinha medo de morar porque, desde que a segregação fora abolida, os negros estavam se mudando para lá. Na generosidade de uma felicidade apaixonada, sentiram a expansiva necessidade de partilhar uma parte dela, o intangível se tornou tangível e levaram da rua para a cozinha um jovem que tocava *kwela* no pífaro para fazer uma refeição completa com eles, nada de jogar uns trocados no seu boné. O zelador branco do prédio objetou em altos brados. Vocês são loucos. São loucos ou o quê. Convidando preto para vir roubar e assassinar vocês. Eu não aceito isso no prédio.

Paula frequentou cursos de computador e se tornou proficiente. Se você não é um artista, um médico, um advogado de direitos civis, que outra habilidade a faz utilizável num país em desenvolvimento? Escolhida, amada por aquele que você ama; o que haveria de mais significativo que ser necessária a ele num sentido prático também, com capacidade para sustentar a vocação dele, cujos feitos são igualmente seus por procuração. "O que você faz?" Não dá para ver? Ela faz a satisfação possível para ambos.

Filhos. Casados há mais de um ano, conversaram sobre isso, a suposta progressão natural do amor. Adiado para uma próxima vez. Na próxima, chegaram ao fato: à medida que os dons inusitados dele começavam a render não só convites para atuar como convidado em festivais de música no exterior, como também a oportunidade de tocar com orquestras de prestígio — que em breve seriam famosas —, o fato obviamente é que ele não poderia ser um pai presente em casa todos os dias para ler uma história na hora de dormir, ou ser confiavelmente esperado no jogo de futebol do garoto, nos fins de semana, ao mesmo tempo que era um violoncelista que em breve veria seu nome impresso nos CDs. Se ela podia se afastar de seu cargo cada vez mais cheio de responsabilidade — o que não era muito difícil, às vezes — para ir com ele, não poderia engavetar aquela outra responsabilidade, cuidar de um bebê. Eles fizeram a escolha do que queriam: um ao outro, dentro de uma carreira única. Deixe que a mãe e as amigas do chá se concentrem nos riscos da reprodução, contemplando seu próprio cordão umbilical. Deixe outros homens buscarem a imortalidade na progênie; a música não tem os limites de uma vida. Um especialista lhes disse que o violoncelo que lhe fora dado tinha ao menos setenta anos de idade e que era muito melhor por isso.

Certo mês — quando foi — ela descobriu que estava grávida; vivia se preparando para contar a ele, mas não contou. Ele iria participar de uma turnê do outro lado do país e, quando voltou, não havia nada a dizer. Felizmente o procedimento foi legal segundo as novas leis do país, convenientemente disponível numa clínica chamada Marie Stopes, antiga defensora dos direitos da mulher sobre seu sistema reprodutivo. Melhor não ter de dizer — o quê? Mesmo arrependida, talvez, você sabe que os homens acham, não obstante quão agraciados sejam pelo sucesso e animados com a onda de aplausos, que ainda assim têm de provar que são potentes. (Onde será que tinha ouvido isso? Na curiosidade da adolescência, em festinhas vespertinas...)

Ela era tão parte da confraternidade das orquestras. A rivalidade entre os executantes, toda ela afogada pela exaltação da música que criavam juntos. As bisbilhotices — como ela não era um deles, tanto os homens como as mulheres lhe confidenciavam indiscrições que não arriscariam entre si. E quando ele tinha alguma desavença com o maestro convidado da Bulgária ou de Tóquio, ou sabe Deus de onde, com egos tão complexos quanto a pronúncia de seus nomes, o exaspero dele encontrava alívio na cama, ao descarregar os dramas da batuta e entrar no paraíso da ligação amorosa. Se ela estivesse de mau humor — serviço malfeito de uma colega ineficiente, o "problema de coração" do pai e as longas queixas da mãe ao telefone sobre ele não respeitar as ordens do médico com seus amigos golfistas e cachaceiros —, o violoncelo vinha se unir aos dois no quarto e ele tocava para ela. Às vezes, até ela adormecer, sob os graves e ternos tons do que se tornara a voz dele, para ela, a voz do grande instrumento curvo, sua superfície suavemente polida e seu volume gracioso, preso bem junto ao corpo, partilhando da intimidade que era dela. Nos concertos, quando chegava a hora de ele solar, ela nem sabia que estava sorrindo em reconhecimento de que ali estava a voz que reconheceria em qualquer lugar, no meio de tantos outros violoncelistas tocando seus instrumentos.

A cada ano que passava, os críticos garantiam, ele tocava melhor. Excedia-se a si mesmo. Quando músicos de peso vinham para a temporada sinfônica e de ópera, era pertinente que ele e ela os recebessem em casa, já muito distante daquele quarto e sala em que viviam antes. Onde outros talvez tivessem um móvel especial, alguma herança, lá estava, na sala de estar, o violoncelo emprestado onde aprendera a tocar. Ele agora possuía um Amati, um violoncelo de meados do século XVIII que um *marchand* de Praga encontrara para ele. Tinha hesitado. Como é que poderia gastar tamanha fortuna. Mas ela se espantou, indignada como se alguém tivesse tido a ousadia de comentar a extravagância presunçosa. Um artista não liga para posses materiais como essa. Você não está comprando um Mercedes, um iate! Comprara uma voz de incomparável beleza, de certa forma humana, embora sutil e profunda, indo da sonoridade de um órgão até o mais vago movimento de silêncios que voz humana nenhuma conseguiria produzir. Ele admitira, como se falasse consigo mesmo, bem como com ela, confidencialmente, que o instrumento despertava nele reações sagazes que não sabia possuir.

Na companhia de convidados cuja vida era a música, assim como era a dele, comportava-se tão generosamente quanto um cantor pop reagindo aos fãs. Trazia para perto a presença preciosa enclausurada no relicário negro, libertava o instrumento e se acomodava para tocar entre pratos do bufê e taças de vinho reabastecidas. Caso tivesse bebido um pouco a mais, brincava, tomava a mulher pela cintura por alguns instantes, Eu sou apenas o *wunderkind* que trouxeram para martelar *Für Elise* ao piano, e tocava com tanta pureza que a voz do violoncelo aristocrático, que ela conhecia tão bem quanto o que fora recebido por caridade, fazia qualquer diálogo social estranhamente trivial. Porém os músicos, os empreendedores e os convidados favorecidos por ele aplaudiam, cercavam-no, os maridos e gays espremiam-lhe os ombros, as mulheres cheias de rapapés muitas vezes aterrissavam em seus quadris. Não era raro um dos distintos convidados — os japoneses não —, sobretudo os velhos maestros alemães e italianos, passarem uma cantada nela. Ela sabia ser atraente o bastante, inteligente o suficiente em termos de música e de outros assuntos (até o bufê dela era bom) para que isso ocorresse, mas tinha consciência de que, na verdade, era o viço de ser mulher do excepcionalmente bem-dotado violoncelista o que motivava esses avanços. Imagine, na próxima vez em que o violoncelista tocar sob sua batuta, em Estrasburgo, poder comentar com outro músico da mesma idade: "E a mulher dele também é muito boa de cama". Depois que os convidados iam embora, anfitrião e anfitriã riam, no quarto, dos flertes que não haviam escapado à atenção dele. O violoncelo estava grandiosamente encostado numa parede. Os roubos são comuns, nos bairros bons, e há gangues especializadas que não saem atrás de aparelhos de televisão e computadores, e sim de telas e outros objetos valiosos. Se alguém invadisse a casa, teria de ir até o quarto deles para ver o nobre Amati e enfrentar o revólver que ele mantinha debaixo do travesseiro.

Bach, Mozart, Hindemith, Cage, Stockhausen, Glass, não são mais tidos condescendentemente no mundo musical como músicos de quem os negros não gostam, que eles não entendem e não tocam. A orquestra nacional, que era sua base, mesmo que seu prestígio significasse que poderia se ausentar sempre que fosse convidado para algum festival ou para entrar num *ensemble* de cordas em turnê, tinha um trombonista negro e uma segundo violinista de trancinhas africanas no cabelo, esparramadas pelo pescoço de ébano enquanto executava o arco. Ela falou alemão com um maestro austríaco em visita; recebeu uma bolsa para estudar em Estrasburgo. Músicos profissionais são uma liga de nações e por uns tempos a orquestra teve um timpanista do Brasil. Ele se tornou um amigo especial, levado a ficar às vezes na casa deles, como convidado, e a fazer companhia a ela quando o belo violoncelo acompanhava seu executor nas viagens.

Ela estava consciente de que, sem uma habilidade particular que fosse sua mesmo, além da competência do dia a dia em comunicações comerciais, tinha o privilégio de viver uma vida interessante: um homem extraordinariamente talentoso cujo ambiente era também o dela.

Como era mesmo a frase — "ela conheceu o mundo", viajando sempre com ele. Conseguiu uma folga para acompanhar o *ensemble* de cordas a Berlim, um dos muitos eventos musicais celebrando os dois séculos e meio do nascimento de Mozart, mas no fim não deu para ela ir porque o pai estava morrendo — alegremente, mas a mãe precisava de apoio.

O *ensemble* alcançou um sucesso excepcional, considerando os músicos de altíssima reputação de vários países que havia ali. Ele levou de volta uma pasta cheia de recortes da imprensa — alguns em inglês — maravilhados. Ele inclinava a cabeça, menosprezando o que ouvia; talvez seja possível ficar indiferente aos elogios, com o tempo. Ou será que estava cansado, esgotado com as demandas de sua música. Ela tinha sugestões para relaxar — um filme, um jantar com amigos, longe da disciplina de uma sala de concerto, há uma aproximação das pessoas, com a música de câmera, um relacionamento especial que há tempos reconhece nele, com quem algo em comum foi alcançado. Ele não se entusiasmou. Na semana que vem, na semana que vem. Tirava o venerado violoncelo de dentro de sua solidão na caixa recortada para seu tamanho e tocava para si mesmo. Para ela — bom, ela estava na sala, nessas noites.

A voz é dele, aquela gloriosa voz do violoncelo; dizendo algo diferente, falando não com ela, com alguém outro.

Ele faz amor com ela, não é sempre esse o sinal do retorno, quando ele viaja?

Há deliberação nas carícias. Ela é quase levada a dizer, estupidamente, o que nunca pensaram em dizer entre eles, Você ainda me ama?

Ele começa a se ausentar dela em horas inexplicadas, ou para obrigações que ele deve saber que ela sabe que não existem.

A voz do violoncelo não mente.

Como aplicar à vida deste homem aquela medíocre circunstância vulgar, como é mesmo a frase? Ele está tendo um caso. Artistas de todo tipo atraem as mulheres. Elas farejam alguma misteriosa energia de devoção ali, que vai ser sempre rival dos próprios e normalmente confiáveis poderes de sedução. Algo que tem de ser mantido longe até mesmo da mais desejada das mulheres. Quem conheceria melhor essa atração do que ela; só que, para ela, aquela outra misteriosa energia da devoção fazia do amor um trio. O violoncelo com seu corpo curvo reverentemente no quarto.

Que mulher.

Nos festivais de música pelo mundo inteiro, os mesmos intérpretes, os mesmos quartetos e trios de câmera se encontravam em diferentes países, partilhavam um mapa de experiências comuns, viviam nos mesmos hotéis, trocavam achados de restaurante, queixas sobre a acústica das salas de concerto e entusiasmo com a reação da plateia. Se tivesse de ser alguém encontrado numa turnê específica, não significava necessariamente que o caso seria breve e terminaria quando o homem e a mulher saíssem cada um para um lado, mares e continentes à parte; eles poderiam se encontrar de novo, planejar para que isso acontecesse no festival seguinte, em algum lugar do mundo — Viena, Jerusalém,

Sydney, onde ele já tocara ou fora contratado para tocar em breve. O estímulo não apenas de interpretar diante de uma plateia desconhecida como o do reencontro, a excitação de se ver diante da oportunidade de retomar algo interrompido.

Ou será que ela mora mais perto de casa. Integrante da orquestra nacional, na qual ele e seu violoncelo eram os artistas principais. Essa era uma identificação que ela achava difícil investigar, pensar no círculo de amigos dessa forma. Uma mulher jovem, claro, mais jovem que ela. Mas não era esse o inevitável que fora decidido no foro da mesa de chá da mãe. A clarinetista tinha quarenta e tantos anos, belos seios em roupas ousadas e uma sagacidade deliciosa. Havia sempre uma troca bem-humorada entre os dois, enquanto bebiam. A pianista, uma jovem com cabelos até a cintura obviamente tintos de vermelho, era uma lésbica sob estrita vigilância de sua mulher. A terceira e última mulher entre os músicos da orquestra era também a última que alguém seria grosseiro o suficiente para levar em conta: ela era Khomotso, a segundo violinista, de um talento extraordinário, uma dos dois músicos negros. Ela era *tão* jovem; tinha dado à luz um bebê adorado que, durante os primeiros meses de vida, fora levado aos ensaios no carro da irmã de Khomotso, para que a mãe pudesse amamentá-lo ali. O diretor da orquestra deu uma entrevista a um jornal dominical sobre isso, dizendo que era um exemplo da transformação da orquestra em relação aos valores humanos da nova África do Sul. A violinista era sem dúvida a mais bonita, a mais desejável das mulheres com quem o violoncelista passava a parte mais intensa de seus dias e noites, mas respeito, os sentimentos humanos *dele*, isso seria mais forte que a atração sexual, sua identificação com ela enquanto musicista, abrindo caminho na profissão, transformada em tabu, a desviá-la desse trajeto. Quanto a ele, não ficaria parecido com a velha África do Sul, brancos "tirando vantagem" da vida precariamente equilibrada de uma jovem negra?

Sua amante deveria ser umas das assíduas frequentadoras da temporada, alguém que gostava de dar festas depois do espetáculo.

Ele mantinha uma amizade "de almoços" com uma presença constante no teatro, um industrial, intérprete amador da viola, dono de uma excelente biblioteca musical à qual tinha livre acesso para tomar emprestado o que quisesse. De modo que poderia ser a mulher de um desses homens. Muitas delas eram por direito próprio mulheres de carreira, muito mais jovens que os maridos ricos, trazendo a inteligência do compromisso a ideias e atividades fora do contexto artístico, bem como ao que ele poderia ver como disponibilidade sexual.

Não se presumia mais que ela estivesse com ele, como sempre estivera, quando aceitava convites para recepções ou para ir à casa de alguém; a implicação não mencionada era a de que esses convites eram agora estritamente profissionais. Ele nunca sugeriu o que também fora presumido, que quando saía para dar um recital numa outra cidade do próprio país, claro que ela estaria lá; ele punha o que iria levar para passar a noite numa maleta aberta na cama, pegava o violoncelo enclausurado em preto e dava um beijo de até mais nela. Havia atos conscienciosos de bem espaçados intercursos sexuais, como se fossem tão parte da rotina quanto os intervalos entre cortes de cabelo. Ela começou a querer evitar a abordagem na cama; e depois teve receio de assim o estar empurrando para a outra mulher, ao sugerir que não o desejava; ao mesmo tempo, queria muito pôr as mãos, a boca naquele corpo a seu lado, apesar da humilhação do que ele seguia como uma prescrição médica receitada para satisfazê-la. Uma conta a ser paga.

Ela esperou que ele falasse. Sobre o que acontecera. Que pusesse fé na longa confiança entre ambos. Ele nunca falou. Ela não perguntou por quê — pois também tinha medo de que, uma vez admitido, se tornaria irrevogavelmente real. Uma noite ele se levantou no escuro, levou consigo o violoncelo para fora do quarto e tocou. Ela acordou com a voz, dizendo algo apaixonadamente irado em seu tom mais grave. Depois houve o tempo em que — seria possível isso, na sua interpretação magnífica, única — surgiu uma desarmonia, as notas graves se arrastando como se o violoncelo o recusasse. Noites, semanas, a mesma coisa.

Então. Ela sabia que o caso estava encerrado. Sentiu um travo de tristeza — por ele. Por ela, nada. Por não ter se confrontado com ele, ela se anestesiara.

Logo ele voltou para ela. Os três, ele, ela e o violoncelo encostado na parede, estavam juntos.

Ele faz amor melhor do que ela jamais imaginou, carícias desconhecidas, mais sutis, mais antecipatórias do que pode ser despertado nela, do que ela é capaz de sentir, de necessitar. Como se ele tivesse tido a experiência de aprender num instrumento diferente.

O terceiro sentido

Os sentidos [são] "geralmente tidos como cinco — visão, audição, olfato, paladar e tato".

Oxford English Dictionary

Ele é dono de uma das companhias aéreas que assumiram as rotas domésticas entre pequenas cidades e regiões locais que a companhia aérea nacional, voando a alturas astronômicas para cinco continentes, não levou em conta. Quer dizer, até pouco tempo, depois que os aviões com assentos totalmente na vertical e seus cardápios gourmet não conseguiram poupá-los da redução nos lucros. Agora querem recolher centavos no mercado barato das rotas locais, competir com aeronaves modestas que voam ligeiras a lugares sem importância do território nacional.

Mas isso não tem nada a ver com essa noite.

Poderia ter sido em alguma outra noite (às terças ele joga squash), se não tivesse calhado de ser no dia em que houve uma reunião dos donos de empresas particulares de aviação para discutir como protestar contra as intenções da empresa nacional de violar a lei de prevenção à competição injusta, já que a grande envergadura das asas nacionais é subsidiada pelo dinheiro do contribuinte. Ela não foi à reunião para ouvi-los porque estava atrasada com a correção das provas dos estudantes de mídias na faculdade onde lecionava. Não se achava sozinha na sala, a cachorra estava deitada a seus pés, uma *setter* inglesa peluda muito amada pelo dono e pela dona, sobretudo depois que o filho deles fora para o internato. A querida Dina substituía o lugar que o filho único vagara. Tão inteligente, parecia gostar até de música; o CD *Os pescadores de pérolas* tocava e ela não dormia. Bom, ninguém deve se tornar um amante incondicional dos cães, Dina provavelmente estava esperando ouvir as passadas do dono na porta da frente.

Que vieram quando ela terminou de corrigir a última prova e a colocou junto com as demais, para o dia seguinte; então se levantou, alongou o corpo como tinha sido instruída nas aulas de aeróbica e seguiu a descida atabalhoada da cadela.

Ele estava fechando a porta com a chave e passando a corrente em nome da segurança noturna quando trocaram umas palavras: Como é que foi, algum progresso, Ah, girando em círculos de novo, aquele maldito advogado não apareceu — porém não precisou afastar a costumeira interferência da cachorra sempre que o dono voltava fosse de onde fosse, a qualquer hora. *Olá, garota* — o cumprimento de praxe ignorado, nada de patas aterrissando em seus ombros em resposta. À medida que era questionado sobre o andamento da noite, ambos se perguntando se iriam tomar um café ou um drinque antes de deitar, você escolhe, a cachorra farejava intensamente em volta dos sapatos dele. Devia ter pisado em alguma coisa. Enquanto subiam a escada, ele virado por cima dela repetindo exasperado o motivo de ter demorado tanto e por quanto tempo a reunião se arrastara, a cachorra passou na frente para impedi-lo, nariz dilatado se alçando pelas pernas da calça. Dina, para! O que acha que está fazendo? Ele deu um tapa no traseiro peludo para fazê-la ir adiante. A cachorra parou no topo da escada, na posição de cão de caça, de frente para ele. Dina nunca tinha estado no campo e ele não era um caçador. Algum tique atávico deslocado que aparecera no bicho mimado.

Enquanto tiravam a roupa, decidiram-se por um café. Dina não saltou para a cama no seu convite habitual para que eles se juntassem a ela e continuou dando atenção exclusiva aos sapatos, à calça e à camisa dele. Deviam ser os sapatos que estavam perfumando sua atração. Cocô de cachorro, disse Eva. Espere um pouco, não pise no tapete, vou dar uma lavada nas solas — Michael riu da ruga de nojo que suspendia o nariz da mulher, sua preocupação com o *kelim*. No banheiro, contudo, ela molhou um chumaço de papel higiênico, esfregou as duas solas e jogou o papel na privada, dando a descarga; embora não houvesse sujeira grudada no couro, talvez o cheiro continuasse. Ela pôs os sapatos para secar com a parte de cima encostada na parede do boxe.

Quando voltou ao quarto, ele já tinha apagado e dormia só com a calça do pijama e o jornal espalhado em cima do peito nu: abriu os olhos com um susto.

Ainda quer café?

Ele bocejou assentindo.

Vem, Dina. Hora de dormir.

Assim como uma criança gosta de uns afagos na cama dos pais, antes de ser banida para o próprio leito, Dina aceitava rotineiramente que teria de ir para seu cesto na cozinha assim que a condescendência se encerrasse. Nessa noite, não subiu na cama com o dono, levantou-se devagar de onde estava, ao lado de uma cadeira, virou a cabeça num rápido e último chamado para farejar as roupas largadas por ali e desceu para seu cesto, enquanto Eva fazia o café.

Eles beberam lado a lado, na cama. Eu não fiz muito forte, fiz? Parece que nada poderia mantê-lo acordado, essa noite.

Havia noites agitadas, nessa época, noites em que ela acordava com a mudança de ritmo na respiração insone a seu lado, com a batida interrompida do coração da intimidade dividida por amantes durante dezesseis anos. Ele pusera todas as economias que tinham na companhia aérea. Aviação Hadeda (a escolha do nome foi dela, por causa das íbis que passavam voando e gritando autoritárias). Lucros do negócio imobiliário que vendera; o que ela herdara da participação que o pai tinha na mineração de platina. Esses empreendimentos do antigo regime capitalista branco não eram o melhor caminho para o sucesso numa economia mista — no capitalismo politicamente correto. Tais empresas agora negociavam febrilmente em torno das necessidades de ações afirmativas para que essa ou aquela porcentagem de ações em suas companhias fosse reservada para empreendedores negros, com os funcionários se tornando acionistas *pro forma* nos lucros das bolsas de valores. Uma pequena companhia aérea, dedicada a resolver uma parte dos problemas do transporte num imenso país em desenvolvimento, tinha significado patriótico. Se Michael e seu sócio são brancos, os comissários de bordo, um dos pilotos e o engenheiro são negros. Então essa não é uma iniciativa honesta, não exploradora, na qual eles arriscaram tudo? Ela sabe o que o mantém de olhos abertos, imóvel, durante a noite: se a empresa nacional assumir as rotas domésticas, seus recursos vão imobilizar Tudo em perdas. Uma ou duas vezes ela quebrou o rígido silêncio que tinha por intenção poupá-la; a ameaça é dela, também. Não há motivo para ficar falando nisso sob o olhar cravado da noite; pressente que ele leva a entrada da voz dela até o pensamento, quem sabe como uma espécie de censura: a companhia aérea é risco seu, uma saída, na meia-idade.

As xícaras de café estão no chão, uma de cada lado da cama. Ela se virou no cotovelo para lhe dar um beijo de boa-noite, mas ele ergueu a mão e se levantou para colocar o paletó do pijama. Ela gostava de seu peito nu, dos músculos um pouco mais fortes

— não gordos — do que costumavam ser; quando você está cansado, sente frio à noite. Voltando para a cama, ele se esticou para apagar a luz de cima. Seu suspiro de cansaço foi quase um gemido, que ele durma, ela não esperava que ele se virasse para ela. Que o coração mútuo bata calmamente. Antes de se afastarem para seus espaços privados, quase sempre adormeciam no que ela chamava de jeito "colher e garfo": ela de lado e o corpo dele enrodilhado em suas costas, ou ele também de lado, só que o outro, e ela enroscada em volta. Claro que ele era a colher, quando envolvia suas costas dos ombros às coxas, o corpo dela era a linha mais esguia do garfo, os dentes levemente curvos tocando a base da sua nuca, os seios aninhados sob músculos dorsais. Isso dependia casualmente de quem virasse deste ou daquele lado primeiro, nessa noite ele girou para a direita e a aproximação do sono profundo lhe deu um empurrão nessa direção. O ímpeto gentil chegou até ela, que o seguiu, aninhando-se em volta dele. A maciez dos seios, em oposição às costelas e à espinha, é uma das perguntas e respostas sem palavras que existem entre homens e mulheres. Na vaidade ofendida que ainda persiste, ela nunca se esqueceu daquela vez, no começo da relação, em que ele comentou, fazendo uma observação objetiva, que ela não tinha de fato pernas bonitas; os seios eram sua duradoura e admirada descoberta. Em tons apaixonados de troça, ela lhe dizia que ele era peitudo e ele replicava com falso remorso que nunca tinha tido uma mulher com tão amplo cartaz em exibição. Na versão dessa noite, do abraço "colher e garfo", ela manteve os olhos fechados junto ao cabelo dele, e o nariz e os lábios na sua nuca. Gostava de respirar ali, de expirar dentro dele e de aspirá-lo todo, de assumir a posse da qual ele não tinha consciência, mas que era a essência dos dois. Esses não são momentos que você comenta com o outro e, de qualquer maneira, pertencem ao estado de sono, à consciência realçada de coisas que são chamadas de inconsciente. Não é assunto dele, é segredo mesmo para ela própria entrar nele ali como se, mulher, não pudesse, do jeito como ele entra nela. Ou talvez seja outra coisa; como afundar a cabeça naquele incrivelmente inocente e sensual toque e cheiro do oco na nuca de uma criança. Porém essa não é uma lembrança que perdure da infância distante de um garoto de quinze anos cuja voz acabou de mudar. Aproxima o rosto, ela própria, da sua nuca, sem de início roçar a pele para não incomodá-lo, o toque dos lábios só depois do mais suave bafejo —

Ela fareja. Recua um pouco do oco macio e sem rugas, como se da nuca de um homem de vinte anos. Aproxima-se de novo. Sente o cheiro. O nariz bem apertado, depois as narinas infladas em curtas aspirações de seja o que for. Sente o cheiro. Ela conhece o cheiro de ambos, o cheiro da pele dele misturada com o que ela é. Uma mistura de infusões da misteriosa química de diferentes atividades em diferentes partes do corpo, exalando uma flora de sumos da carne, a intensidade ou a delicadeza do suor, do sêmen, de cosméticos, da saliva, das lágrimas salgadas: tudo se torna um odor destilado como algo que é só deles.

Sentiu em Michael o cheiro de outra mulher.

Saiu com todo o cuidado da cama. Ele já estava para lá de dormindo quando o calor dela sumiu. Foi ao banheiro. Acendeu a luz sobre o espelho e forçou-se a olhar para si mesma. Para ter certeza. Era como enfrentar um tipo de fotografia que ninguém inventara. Não era o velho confronto consigo mesma. Havia outra mulher ocupando o lugar daquela imagem. Sinta o cheiro dela.

Ela própria estava na escuridão do corredor, a meio caminho da cama no quarto de hóspedes usado também como depósito quando — desprezando o gesto inútil, voltou para o quarto deles. Na cama, deitou-se longe do lugar onde poderia se permitir uma aproximação para sentir de novo o cheiro que já sentira. A racionalidade atacou: por que ele não tinha tomado uma ducha, em vez de pegar no sono de peito nu e depois levantar da cama. Sim, ele tinha saído para pôr o paletó do pijama; no lugar da precaução de uma ducha. Ele tomava banho quando voltava para casa depois de um jogo de squash. Será que era sempre de uma quadra de squash que ele voltava, nas noites de terça. Não é que ela não se permitisse pensar no assunto; ela não conseguia pensar. Um vazio. Então, para que não começasse a se encher, saiu da cama de novo com o mesmo cuidado e silêncio da primeira vez e, no banheiro, encontrou um vidro de comprimidos para dormir (ela nunca tomava soníferos, uma cadeira na universidade e a decolagem e aterrissagem de um arriscado empreendimento aéreo não partilhavam do mesmo "estresse"). Ela sacudiu o que parecia ser um glóbulo plástico de óleo dourado e engoliu com água da torneira nas mãos em copa. Quando acordou desse entorpecimento matinal desconhecido, ele estava saindo do banheiro lustrosamente recém-barbeado e disse Olá querida; como tinha dito, ao chegar em casa, um "Olá, minha garota" afetuoso para a cachorra.

Eva e Michael Tate viviam no padrão da semana de trabalho, sete dias e na sequência mais sete, diferenciados apenas pelos rompimentos da alternância de Michael entre esperanças hesitantes e a ansiedade decorrente das negociações com a companhia nacional, que poderiam trazer no bojo não uma solução para a sobrevivência da Aviação Hadeda, e sim a bancarrota. "Isso não é exagero." Ele não concordava com a sugestão da mulher de que era bom sinal o fato de as negociações estarem demorando, porque o governo finalmente estava tendo dúvidas. Depois de todo o sabão passado no setor privado por não assumir a responsabilidade de encontrar novas maneiras de desenvolver a infraestrutura... Estava começando a escutar as empresas aéreas privadas. "O governo bem que poderia ter se adiantado e concedido licenças para a empresa aérea nacional, depois do arremedo democrático daquele primeiro encontro entre vocês todos. Por que não fez isso? Para mim, eles estão pé ante pé em volta de um meio-termo."

Ele puxara o lábio de cima e de baixo sobre os dentes, como se para impedir que dissessem o que não queria dizer.

Também havia palavras que ela não queria dizer.

Ela fez algo que na sua ira e descrença a enojava. Mas fez. Ligou para o clube de squash numa terça-feira à noite e pediu para falar com Michael Tate. A recepcionista lhe disse para esperar: para ela, uma advertência para não respirar. A voz voltou, Desculpe, o senhor Tate não veio hoje. "Desculpe", o pesar como uma forma de cortesia coloquial que ensinam aos funcionários.

Eva lia na cama e o prazo de tolerância da cachorra ali com ela foi estendido. Música acompanhava as duas e ela não olhou no relógio até a cachorra saltar da cama e descer a escada. Michael estava em casa. E cedo. Para, Dina, para! Estavam na soleira da porta, a cachorra erguida, com as patas nos ombros dele. Dina acabara aceitando o que agora sente como parte da aura do casal e da casa, não precisa invocar o atavismo dos instintos de caça.

Eva não diz nada sobre a hora. E ele não comenta nada sobre ela já estar na cama. Talvez não esteja consciente de sua presença. Ela nunca passou pela experiência de voltar da casa de um homem para a de um outro homem, ainda que já tivesse tido uma amiga que dizia que conseguia fazê-lo com uma espécie de prazer renovado.

"Ganhou ou perdeu?", perguntou Eva. A velha fórmula de resposta teria que ser no mesmo tom leve; uma falsa desculpa, se estivesse fora de forma, um falso elogio se tivesse jogado bem —

eles sabiam que as terças-feiras eram para manter a forma, muito mais que pelo esporte; evitar o início daquela gravidez masculina, a barriga da meia-idade.

"Acho que estou meio farto do clube. Todos os meus contemporâneos malhando. E já passamos da idade."

Ela tentou manter a fórmula segura. "Quer dizer que uma vez na vida você perdeu!"

Ele não respondeu.

Tinha ido ao banheiro; houve o chiado de chuva — tomava uma ducha dessa vez. Quando voltou ao quarto, ela o viu nu; sim, nada de inusitado nisso, o peito de que ela tanto gostava, a barriga com a dobrinha — não, é músculo, não, não, não é banha —, o pênis envolvido no prepúcio. No entanto, viu o corpo nu como tinha se visto no espelho do banheiro naquela primeira noite, quando ela e a cachorra sentiram o cheiro dele.

Ele falava, de costas para ela, vestindo o pijama. "Parece cada dia pior. Soubemos de um vazamento. Adams conhece um dos funcionários. Eles aprovaram a programação das rotas que pretendem pegar. Analisar a estrutura de custos se as reservas forem feitas só pela internet, reduzir a fatia arrecadada pelas agências de viagem."

"Mas vocês podem fazer igual."

"Podemos? As agências de viagem nos dão os passageiros como parte de pacotes internacionais de turismo. Nós não temos cacife para cortar as agências." Ele foi para a cama.

"Você não vai levar a Dina?"

Lembrado de onde está em oposição a onde estivera, pôs a mão na cabeça da cachorra e os dois desceram a escada. Ao voltar, entrou na cama e não se aproximou para o beijo de boa-noite. A alternativa para o motivo de ter se esquivado poderia ser uma abstração aflita: distração. Ao apagar a luz, ele falou em voz alta, mas não para ela. "A Hadeda afundou. Virou sucata."

Pela primeira vez, em dezesseis anos, não havia a possibilidade de um consolar o outro num abraço. Ela disse, no escuro: "Você não pode desistir". Não sabia se essa era uma afirmativa relacionada com a Aviação Hadeda ou se era uma conclusão amarga de onde ele tinha estado, essa e as outras noites.

Eles continuaram com o que o vocabulário do novo milênio chama de "fazer sexo", não de fazer amor, de tempos em tempos, com menos frequência que antes. Isso acontecia quando saíam à noite com amigos e tomavam um bocado de vinho, ou quando iam às comemorações acadêmicas de Eva, onde todo mundo bebia sucessivos uísques, vodcas e gins para refutar o decoro do mundo acadêmico.

Quer dizer que era possível para ele desejá-la, então. Difícil de entender. Ela sempre se recusou a acreditar na submissa aceitação sexista de que o desejo dos homens é diferente do das mulheres. Quando refaziam o repertório de carícias, o desejo real não estava presente em seu corpo; para ela, como deveria ser para ele, o desejo tinha de pertencer a uma outra mulher.

Estava esperando o momento certo para falar sobre isso. Como dizer o que tinha de ser dito. O "Você está tendo um caso" das novelas. "Você está tendo um caso"; reafirmar o óbvio. "Você está fazendo amor com alguma mulher, até mesmo a cachorra sente o cheiro dela em você." Basta de eufemismos. Quando falar? À noite? Logo de manhã, assunto para o café? Antes de Patrick voltar para casa, de férias? O que acontece quando essas coisas são ditas. Iriam ambos trabalhar depois do café da manhã, levar o filho ao cinema, agir como se as palavras não tivessem sido ditas até que ele estivesse fora do caminho, de volta à escola.

Na noite anterior à Páscoa, ela estava tirando do freezer o guisado de cordeiro que seria a última refeição deles antes que fosse dito. Para o que ela encontraria a forma certa de dizer. Quando ele chegou em casa, fechou a porta da sala para a cachorra não entrar e aproximou-se da televisão para tirar o som da voz do apresentador do noticiário.

"Vou encerrar o negócio. É só vender os dois jatos, não tem ninguém imbecil o bastante para comprar a licença. Sem a mínima chance. Adams e eu revisamos todos os números dos últimos dezoito meses, mesmo que a empresa nacional não estivesse prestes a nos varrer do mapa, está tudo ali — voando persistentemente para a ruína."

O rosto dos dois se cruzou na tela, fazendo uma mímica brilhante do que ele tinha de dizer.

"Mas sabíamos que você teria de se apoiar no nosso capital por pelo menos dois anos, antes de começar a ter lucros, e isso é uma questão diferente da questão do governo."

"A competição vai tornar a outra irrelevante, só isso. Por que esperar até lá. Melhor vender os aviões. Não vai cobrir a perda. O empréstimo."

"Mas é alguma coisa."

Havia imagens demoradas de mortos que jaziam em algum lugar, Afeganistão, Darfur, Iraque.

"Para quê. Para fazer o quê."

Na maturidade, ele se tornou um homem de ideias, com ligações, amigos, nas empresas.

"Você vai procurar." Ele já havia feito isso antes, partir para uma mudança de vida, passar de imóveis no chão à liberdade dos céus.

Ele ergueu as mãos espalmadas voltadas para cima e deixou que caíssem dos pulsos, enquanto a tela se enchia com o imenso sorriso-careta de um futebolista triunfante. "Como é que vamos viver nesse meio-tempo."

"Eu não ponho o pão na mesa numa escala empresarial, é certo, mas há uma boa chance de eu ser nomeada chefe do departamento no começo do novo ano acadêmico."

"Que vai dar mal e mal para pagar a escola de Patrick." Essa escola fora o modelo ambicioso que o pai tivera para o filho; se agora era motivo de censura, a censura era para ele mesmo, não uma ácida admissão das condições da mulher de fazer um resgate provisório. O desespero devastara seu rosto como os sinais de uma doença terminal.

Ela não disse o que tinha resolvido que era o momento certo e as palavras certas a serem ditas.

Viu que ele conseguiu comer um pouquinho do cordeiro, como uma espécie de reconhecimento à sua oferta.

Eva se lembrou daquele dia, a terça-feira em que ele chegou da casa de alguma mulher e, falando de seus companheiros na quadra de squash, onde não tinha jogado — Desculpe, o senhor Tate não veio hoje —, disse que estava farto do clube: "Todos os meus contemporâneos malhando. E já passamos da idade".

Passamos.

Tarde demais. Na meia-idade, a aventura estudantil da Aviação Hadeda, mesmo naquela noite de culpa não reconhecida, e ameaçado pela empresa do governo que ele não tinha como contra-atacar. Por dentro, Eva às vezes amolecia; aceitava o fracasso, talvez ele estivesse cansado demais, estressado é a palavra do momento, para fazer amor.

Que outra forma para se assegurar, para se restaurar. Tarde não é; a prova do engendrado poder de vida do homem, despertado para a potência: por outra mulher.

Eva nunca confrontou o marido com o cheiro que sentira nele. Não sabia se Michael tinha visto a mulher de novo, em algum outro momento, agora que desistira das terças-feiras à noite no clube de squash; nem se e quando desistira do caso. Não sabia e não mais voltou, através dos meios que ela e a cachorra possuíam, para as provas.

Agradecimentos

Faço um agradecimento sincero às seguintes publicações, em cujas páginas estes contos apareceram pela primeira vez: *Daedalus*: "Tape Measure" [Solitária]. *Granta*: "Beethoven was one-sixteenth black" [Beethoven era 1/16 negro]. *The Guardian*: "Gregor" e "A frivolous woman" [Uma mulher frívola]. *Harper's Magazine*: "History" [História]. *New Statesman*: "Dreaming of the dead" [Sonhando com os mortos] e "Mother tongue" [Língua materna]. *The New Yorker*: "Alternative endings: The second sense" [Finais alternativos: O segundo sentido], "A beneficiary" [Uma beneficiária] e "Safety procedures" [Procedimentos de segurança]. *Playboy*: "Alternative endings: The third sense" [Finais alternativos: O terceiro sentido]. *Salmagundi*: "*Allesverloren*". *Virginia Quarterly Review*: "Alternative endings: The first sense" [Finais alternativos: O primeiro sentido].

ESTA OBRA FOI COMPOSTA PELO GRUPO DE CRIAÇÃO EM ELECTRA E
IMPRESSA PELA GRÁFICA BARTIRA EM OFSETE SOBRE PAPEL PÓLEN BOLD
DA SUZANO PAPEL E CELULOSE PARA A EDITORA SCHWARCZ
EM DEZEMBRO DE 2009